Klem 7. 13.4.93

Diogenes Taschenbuch 21329

Georges Simenon

Die Zeit mit Anaïs

Roman

Deutsch von Ursula Vogel

Diogenes

Titel der Originalausgabe:
›Le temps d'Anaïs‹

Umschlag: Juliet Berto und Robert Souza
in dem gleichnamigen Film
von Jacques Ertaud
Mit freundlicher Genehmigung
TF. 1/HAMSTER PRODUCTIONS/
TELEPOOL/K.R.O./SSR.

Deutsche Erstausgabe

60/92/36/2
ISBN 3 257 21329 8

I

An jenem Herbstabend war er nichts weiter als ein Mann am Steuer, der sein Auto bei strömendem Eisregen erst durch das Lichtermeer von Paris, dann durch die Vorstadt lenkte, schließlich auf die große Überlandstraße gelangte, wo andere Wagen zwischen aufspritzenden Wassergarben an ihm vorbeirasten, wo er Ortsschilder gesehen hatte, ohne sie zu lesen, bis er dann in den riesigen Wald geriet, wo die Tannen sich über ihm zu einer Kuppel wölbten. Er war der Mittelpunkt der Welt, ein Gebrodel von rauschhafter Lust und Qual, und jeder Wassertropfen, den der Scheibenwischer zur Seite fegte, war ein Gestirn; die nadelförmigen Regenspritzer, die von seinen Scheinwerfern gleichsam verschlungen wurden, setzten sich aus Abertausenden von Sternen zusammen, und die anderen Scheinwerfer, die ihm noch eben auf der Überlandstraße entgegengekommen waren, jene trüben Augen, die aus dem Nichts auftauchten und unter lautem Gedröhn wieder dorthin zurückkehrten, waren, wie er selbst, nichts anderes als Meteore, die keuchend ins Unendliche stürzten.

Er hatte in den dunklen Gemäuern kleine schimmernde Rechtecke gesehen, Hängelampen und Menschen, die in ihrem Licht saßen. Und er hatte den Eindruck, daß er mit einem Male alles begriff, wie es einem mitunter im Traum oder bei Fieberanfällen ergeht. Kaninchen waren vor ihm über den Weg gelaufen, und auch das hatte er verstanden, denn alles fügte sich zu einem Ganzen, alles war unlösbar ineinander verwoben: das schlürfende Geräusch der Räder auf dem nassen Boden, das rhythmische Brummen des Motors, das unaufhörliche Hin und Her der Scheibenwischer, die einen Augenblick bebend innehielten, bevor sie zu einer neuen Bewegung ansetzten. Selbst sein Pulsschlag, den er hören konnte, den er – dessen war er ganz sicher – als ein Pochen außerhalb seines Körpers wahrnahm, hatte im schwindelerregenden Crescendo dieser Symphonie, die ihn unaufhaltsam fortriß, seinen Platz.

An einer Kreuzung sah er einen fahlen Wegweiser, der in verschiedene Richtungen zeigte. Aber immer noch wurden die Radspuren von dicht aneinander gedrängten Bäumen gesäumt, das Lichtbündel der Scheinwerfer ließ zwei Mauern aus Nacht und Gehölz erkennen, erhellte einen glitschigen Weg, wo sich eine Pfütze an die andere reihte, und immer das Prasseln des Regens – Tränen, die im Zickzack über die Scheiben rannen.

Der Geruch nach verbranntem Gummi war ihm entgangen, und ganz plötzlich, als die Symphonie schon ins Unerträgliche anzuschwellen schien, brach sie unvermittelt ab, und um ihn waren nur noch Dunkelheit und Schweigen.

Der Motor stand still. Die Scheinwerfer waren erloschen, wie auch der schwache, anheimelnde Lichtschein des Armaturenbretts. Das Auto bewegte sich nicht mehr, hing ein wenig schief über der Böschung.

Das einzig Lebendige auf dieser Welt war der stumpfsinnige, monotone Regen, der auf das Wagenblech trommelte.

Ihn fröstelte, er befühlte seine klammen Finger, tastete nach seinem Regenmantel, fand ihn nicht und erinnerte sich, daß er ihn da oben vergessen hatte. Er fischte eine Zigarette aus seiner Westentasche, mußte sich mit der Zungenspitze die Lippen anfeuchten, so ausgetrocknet waren sie. Er hatte keine Zündhölzer. Er kam nicht gleich darauf, daß der elektrische Zigarettenanzünder nicht funktionierte.

Er blieb lange unbeweglich, mit leerem Kopf sitzen, schließlich drückte er sich den Hut tief in die Stirn, stellte seinen Jackenkragen hoch, und, die unangezündete Zigarette im Mundwinkel, öffnete er die Wagentür, tastete sich mit den Füßen in die Nacht vor und trat zögernd, ja beinahe mit einem Gefühl des Ekels auf den schlammigen Weg.

Er folgte einem Lichtschein, der dann und wann zwischen den Bäumen hindurchschimmerte, und bald entdeckte er einen abschüssigen Wiesenhang, dahinter erriet er die Konturen eines Bauernhofs, aber er blieb auf dem Weg, der jetzt nur noch an einer Seite vom Wald gesäumt wurde. Er gelangte in eine weitläufige Lichtung, gewahrte dort niedrige Häuser, aus denen Rauch aufstieg, einige erleuchtete Fenster, den gedrungenen Schatten einer Kirche mit einem seltsamen, spitz zulaufenden Turm, wie er noch nie einen gesehen hatte.

Er entdeckte ein Ortsschild, aber es war zu dunkel, um die Aufschrift zu lesen, zu dunkel auch, um auf seine Uhr zu blicken. In der Mitte eines Platzes stand ein Haus mit drei erleuchteten Fenstern, zwei davon gaben den Blick auf Regale mit Lebensmitteln frei. Eine Glastür war mit durchsichtigen Reklameschildchen beklebt.

Er stieß die Tür auf, was eine Ladenglocke in Bewegung setzte. Sogleich strich ihm eine Katze um die Beine, und beinahe wäre er gestürzt, weil er eine Stufe übersehen hatte. An der mit schwarzen Balken durchzogenen Decke brannte eine einzige verstaubte Glühbirne, und so abgestanden war die Luft, daß er erst meinte, der Raum sei leer.

Doch gleich darauf blickte er in das Gesicht einer alten Frau hinter den Bonbongläsern, mit denen der Ladentisch vollgestellt war. Die Alte sah ihn schweigend an, dann wandte sie sich zum rückwärtigen Raum, wo vier Männer auf Korbstühlen um einen Tisch mit Flaschen und Gläsern saßen.

Die Männer sahen zu ihm herüber. Auch zwei Jagdhunde, die unter dem Tisch lagen, ließen kein Auge von ihm. Drei der Männer trugen Jägerjoppen und lederne Gamaschen, der vierte, beleibter und älter als die anderen, in weißem Hemd und Straßenhose, hatte sich eine blaue Schürze umgebunden.

Über dem Kamin, in dem ein paar dicke Scheiter brannten, stand ein Reklamewecker, dessen Ticken deutlich zu hören war. Er zeigte halb zehn an.

Die ersten Worte, die über seine Lippen kamen, hatte er sich nicht vorher zurechtgelegt, und sie schienen ihm auch keineswegs fehl am Platz. Er trat mit ausgestreckter Hand an den Ladentisch.

»Haben Sie Streichhölzer?«

Die Alte rührte sich nicht von der Stelle, doch der Mann mit der Schürze erhob sich, begab sich hinter die Theke, als wollte er seinen schweren Leib als Schutzwall vor die Frau schieben.

»Streichhölzer wollen Sie?«

Er bejahte. Er brachte es sogar zu einem schüchternen Lächeln, als er seine unangezündete Zigarette, die vom Regen ganz aufgeweicht war, wegwarf und sein Päckchen aus der Tasche zog.

Er fühlte sich bemüßigt, gleichsam entschuldigend hinzuzufügen:

»Der Zigarettenanzünder geht auch nicht. Es muß ein Kurzschluß sein.«

Mit einem verständnisinnigen Blick auf seine Tischgenossen hatte der Mann eine große Schachtel Schwefelhölzchen, wie man sie heute noch auf dem Land verwendet und die mit einer winzigen blauen Flamme zu brennen anfangen, auf den Ladentisch gelegt.

»Ich glaube, ich sollte etwas zum Aufwärmen trinken.«

Seine nassen Finger waren so klamm, daß er kaum fähig war, das Streichholz anzureiben.

Er bekam keine Antwort. Sie warteten, ließen ihn nicht aus den Augen.

»Haben Sie Rum?«

»Nur Schnaps.«

»Geben Sie mir ein Glas.«

Diesmal warf der Wirt mit der Schürze den anderen einen vielsagenden Blick zu und sagte zu seiner Frau:

»Setz dich rüber.«

Sie trug einen schwarzen Wollschal, den sie enger um ihre Schultern zog, als sie sich in einem Korbsessel zur Rechten des Kamins niederließ.

Der Ehemann nahm einen Stamper und eine Flasche, deren Korken in einen langen Zinnschnabel auslief, vom Regal.

Der durchsichtige farblose Schnaps verbreitete einen kräftigen Geruch, und Bauche stürzte ihn in einem Zug hinunter, hätte sich beinahe verschluckt, brachte wieder ein klägliches Lächeln zustande, das Sympathie erwecken wollte.

»Bin ich hier weit von Paris entfernt?«

Sie sahen einander an, als wäre es nun erwiesen, daß ihr Instinkt sie nicht getrogen hatte.

»Sie wissen also nicht, wo Sie sind?«

»Ich hatte eine Panne, zwei- oder dreihundert Meter vor dem Dorf.«

»Im Wald?«

Einer der Zecher mit Ledergamaschen, der sich die Mütze eines Jagdaufsehers aufgestülpt hatte, hüstelte.

»Ja, im Wald.«

»Und Sie kennen den Namen des Weilers nicht?«

»In der Dunkelheit konnte ich das Ortsschild nicht lesen.«

»Haben Sie denn die Kirche nicht wiedererkannt? Sind Sie nicht aus dieser Gegend?«

»Ich komme von Paris.«

»Sie haben sich wohl verfahren, es hat jedenfalls den Anschein.«

»Das glaube ich auch.«

»Wohin wollten Sie denn?«

»Ich weiß nicht. Irgendwohin.«

Das nun eintretende Schweigen hatte plötzlich etwas Beklemmendes. Schließlich fragte einer der Männer im rückwärtigen Raum, während er sich zu trinken einschenkte:

»Was hatten Sie denn zu so später Stunde im Sinn?«

Unterwegs hatte er sich überlegt, was er sagen würde, aber er spürte, daß das jetzt nicht mehr paßte.

»Ich nehme an, daß es keinen Automechaniker im Dorf gibt.«

»Bis zur nächsten Werkstatt sind es mindestens fünfzehn Kilometer.«

»Kann ich dort anrufen?«

»Wenn das Telefon funktioniert. Aber niemand wird sich jetzt noch auf den Weg machen.«

Mechanisch deutete Bauche auf sein Glas, und der Wirt neigte die Flasche mit dem Zinnschnabel darüber.

Wiederum leerte er das Glas in einem Zug und sagte gedankenverloren:

»Ich habe zu telefonieren. Doch zuerst muß ich wissen, wo ich bin.«

»In Ingrannes.«

»In welchem Landkreis?«

»Durch welchen Wald meinen Sie wohl, daß Sie gefahren sind?«

»Keine Ahnung.«

Die drei Männer im Hinterstübchen brachen in Gelächter aus, versetzten einander Rippenstöße.

»Na, so was! Natürlich der Wald von Orléans. Sie befinden sich fast genau auf halbem Weg zwischen

Pithiviers und Orléans, der nächste Marktflecken ist Vitry-aux-Loges.«

Sein Blick verweilte auf den Bonbongläsern, den Sardinenbüchsen und Scheuermitteln, in einer Ecke stand ein Petroleumfaß mit einer Pumpe.

»Ich rufe jetzt an.«

»Wenn Sie den Mechaniker erreichen wollen, können Sie sich Ihr Geld sparen. Seine Werkstatt ist geschlossen, und nachts geht er nicht ans Telefon.«

Ihm war nach einem weiteren Glas zumute, nach einem einzigen nur noch, und er bat schüchtern darum, als ob er es nötig hätte, sie für sich einzunehmen, und er trank es in zwei oder drei kleinen Schlückchen. Er lächelte dem Wirt zu:

»Gut schmeckt er.«

Doch statt das Glas auf die Theke, die mit braunem Wachstuch bedeckt war, zu stellen, hielt er es ihm hin:

»Noch einen?«

Sie mochten sich darüber wundern, daß er keinen Mantel anhatte, deshalb erklärte er ihnen:

»Ich habe meinen Überzieher in Paris liegenlassen.«

Es war absurd. Er verhedderte sich. Es wurde ihm unangenehm warm. Die dem Kamin zugewandte Hälfte seines Körpers war glühend heiß.

»Darf ich telefonieren?«

Er hatte gehofft, daß es eine Telefonzelle gab, doch da war nur das alte Wandtelefon in seinem Rücken, eingerahmt von den gesetzlichen Vorschriften zum Alkoholausschank und einer Bierreklame.

»Drehen Sie die Kurbel! Vielleicht haben Sie Glück, und jemand nimmt den Hörer ab.«

Die Katze lag auf dem Schoß der Alten, und einer der Hunde, der seine Schnauze auf ihr Knie gelegt hatte, sah schnaufend zu ihr auf.

Die Kurbel machte beim Drehen ein merkwürdiges Geräusch, das in ihm alte Erinnerungen wachrief. Der Hörer war glatt und speckig und wog schwer in seiner Hand. Schließlich vernahm er eine verzerrte Stimme, wie aus den ersten Zeiten des Telefons.

»Telefonamt Vitry.«

»Hallo, Fräulein ... Können Sie mich bitte mit Paris verbinden. Die Nummer kann ich Ihnen nicht sagen, aber sie ist sicher leicht zu finden. Ich möchte mit der Kriminalpolizei sprechen ...«

Er wandte ihnen den Rücken zu und wagte sich nicht vorzustellen, wie sie darauf reagieren, und schon gar nicht, wie sie sich jetzt gleich verhalten würden. Noch hatte er die drei Gewehre, die in einer Ecke an der Wand lehnten, die Tuchbeutel und die Patronentaschen auf dem Stuhl nicht gesehen.

In der Leitung knackte es, dann sagte die Stimme:

»Die Verbindung ist unterbrochen.«

»Sie wissen nicht, wie lange es dauern wird?«

»Wahrscheinlich ist ein Baum auf die Leitung gestürzt. Vor morgen früh kann sie sicher nicht repariert werden.«

Damit sie nicht gleich einhängte, sagte er sehr schnell:

»Dann geben Sie mir bitte die Gendarmerie.«

Als das Wort ›Gendarmerie‹ über seine Lippen kam, merkte er, daß die vier Gläser Schnaps nicht ohne Wirkung geblieben waren, vielleicht einfach nur darum, weil er gefroren und nicht zu Abend gegessen hatte. Jedenfalls hatte er Mühe zu artikulieren.

»Welche Gendarmerie? Die von Vitry?«

»Ja, ist schon recht.«

»Einen Augenblick, bitte. Ich läute dort an.«

Er mußte lange warten. Er hörte Stimmen in der Leitung, die aber nicht deutlich bis zu ihm drangen. Es war, als gingen mehrere Gespräche ineinander über. Seine Lider brannten, sein Körper begann leise zu schwanken, und er wußte, was das bedeutete. Er vermeinte, die vertraute Stimme zu hören, die ihn anfuhr:

»Du hast schon wieder getrunken!«

Er fragte sich, warum er eigentlich getrunken hatte. Er hätte sich noch gern ein weiteres Glas genehmigt. Die Männer hinter ihm schwiegen, die einzigen Laute waren das Ticken des Weckers und das rhythmische Hecheln des Hundes.

»So reden Sie doch! Die Gendarmerie ist am Apparat.«

Er hatte nichts gehört und fühlte sich wie ertappt.

»Hallo! Ist da die Gendarmerie?«

»Brigadier Rochain am Apparat.«

»Entschuldigen Sie bitte die Störung, Brigadier. Ich befinde mich in ...«

Er mußte sich wohl oder übel umwenden, denn ihm war der Name des Weilers entfallen ...

»In ... Einen Augenblick, bitte ...«

»Ingrannes!« soufflierte der Wirt. »Sagen Sie, Sie seien bei Durieu. Er kennt mich.«

Folgsam wiederholte er:

»In Ingrannes. Bei Durieu.«

»Wer spricht denn?«

»Das wollte ich Ihnen gerade sagen. Sie kennen mich nicht. Ich wollte Sie bitten, mich hier abzuholen.«

»Wen sollen wir abholen? Ich kann Sie nicht hören. Ich verstehe nichts.«

Die Silben dehnten sich in der Leitung, klangen fremd und verzerrt, als befände man sich in einer Grotte.

»Mich sollen Sie abholen, mich, Albert Bauche. Ich stelle mich der Polizei. Ich habe eben in Paris einen Mann getötet. Ich versuche nicht zu fliehen. Das hatte ich nie im Sinn, ganz im Gegenteil.«

»Einen Augenblick bitte.«

In der Ferne hörte er Fetzen eines Gesprächs.

»Hör bloß, was er sagt! Er will einen Macker umgebracht haben und hat die Absicht, sich zu stellen.«

»Hallo! Wollen Sie bitte wiederholen, was Sie eben dem Brigadier gesagt haben?«

Wie in der Schule sagte er noch einmal sein Sprüchlein auf, bemühte sich, dieselben Wörter zu benutzen. In seinem Rücken hatte sich etwas bewegt, aber er wagte nicht, sich umzudrehen, um nachzusehen.

»Und wie sind Sie nach Ingrannes gekommen?«

»Mit dem Auto.«

»Mit einem gestohlenen Wagen?«

»Nein, mit meinem eigenen.«

»Wollten Sie über die Grenze?«

»Nein. Ich bin einfach drauflos gefahren. Ich hatte das dringende Bedürfnis, Auto zu fahren.«

Die erste Stimme, die dem Brigadier Rochain angehörte, flüsterte dem Kollegen zu:

»Frag ihn, ob er bewaffnet ist!«

»Sind Sie bewaffnet?«

»Ich...«

Er versuchte sich zu erinnern, was er mit dem Revolver gemacht hatte.

»Nein.«

»Sind Sie ganz sicher, daß Sie keine Waffe haben?«

»Ich gebe Ihnen mein Wort.«

»In Ordnung. Bleiben Sie, wo Sie sind. Warum können Sie eigentlich nicht mit Ihrem eigenen Wagen zu uns fahren?«

»Mein Auto hat eine Panne.«

»Ich rufe jetzt Orléans an und lasse mir weitere Instruktionen geben. Bleiben Sie an Ort und Stelle! Warten Sie mal! Ist der alte Durieu gerade in Ihrer Nähe?«

»Wenn Sie den Wirt meinen, ja.«

»Geben Sie ihn mir bitte.«

Er wandte sich nur halb zu den anderen, aber das genügte, um zu sehen, daß der Jagdaufseher auf der Tischkante saß, sein Gewehr auf den Knien, dessen Lauf auf ihn gerichtet war.

»Die Gendarmerie möchte Sie sprechen, Monsieur Durieu.«

In diesem Moment geschah etwas, worauf er nicht gefaßt gewesen war und das ihn zutiefst traf. Als er dem Mann mit der Schürze den Ebonit-Hörer hinhielt, brachte dieser es nicht über sich, zu ihm zu treten und ihn in Empfang zu nehmen. Anfangs mißverstand

Bauche sein Zaudern, meinte, der Mann habe Angst, setzte wieder sein klägliches Lächeln auf, das sich ihm schon zweimal auf die Lippen gestohlen hatte und das völlig neu an ihm war, und versuchte ihn zu beruhigen:

»Sie haben doch gehört, was ich gesagt habe. Ich bin nicht bewaffnet. Ich will mich der Polizei stellen.«

Nein, Angst war es nicht gewesen, und als er sich darüber klar wurde, überraschte es ihn zuerst. Was er in den Augen des Bauern las, war ein ihm noch unbekanntes Gefühl, von dessen Existenz er bislang nicht die leiseste Ahnung gehabt hatte.

Entsetzen war es nicht. Nicht einmal Abscheu.

Es war noch schlimmer.

Den Hörer in der Hand, aus dem die Stimme des Gendarmen ins Leere tönte, wandte er sich den anderen zu, suchte in ihren Augen zu lesen.

Er begriff, nein, er spürte körperlich, daß zwischen ihm und den anderen unversehens eine unsichtbare Schranke, eine Kluft bestand, und daß es weder für sie noch für ihn eine Möglichkeit gab, auf die andere Seite zu gelangen.

Die Frau aber blickte unverwandt auf die Scheiter im Kamin, um ihn nicht zu sehen.

»Möchten Sie nicht mit ihm sprechen?«

Beinahe so, als wäre er mit der Pest befallen, legte er den Hörer auf das Fachbrett am Apparat und trat zwei Schritte zur Seite, wobei er peinlich genau darauf achtete, nicht zu nahe an die Tür zu gehen, und keine verdächtige Bewegung zu machen, denn die anderen wären durchaus imstande gewesen, auf ihn zu schießen.

Nach kurzem Zögern ergriff der Wirt den Hörer, aber nur mit zwei Fingern.

»Hier spricht Louis, Brigadier.«

Es war nicht zu verstehen, was dieser am anderen Ende der Leitung sagte, aber die Hörmuschel vibrierte.

»Ja... Ja... Fernand ist gerade hier... Und zwei andere... Ja... Was sollen wir?... Ich weiß nicht... So um die dreißig herum... Ja... Vier Gläser Schnaps... Ich weiß nicht... Ich glaube nicht...«

Bauche, der kein Auge von dem Wirt gelassen hatte, bemerkte, daß der Mann kreidebleich war, als sei ihm übel geworden.

»Du solltest lieber nach oben gehen und dich schlafen legen«, sagte er liebevoll zu seiner Frau, nachdem er aufgehängt hatte.

Sie bedeutete ihm, sich zu ihr herunterzubeugen und flüsterte ihm etwas ins Ohr. Er antwortete ihr mit gedämpfter Stimme, redete ihr zu, und sie erhob sich mit der Katze im Arm, wandte sich zur Tür, hinter der man eine Treppe erriet. Ihr Mann folgte ihr, und als er wieder in den Raum trat, war er immer noch fahl im Gesicht. Er wollte zur Flasche greifen, aus der er Bauche eben eingeschenkt hatte, besann sich anders und goß sich ein Glas Wein nach.

Doch ihm war sichtlich nicht nach Alkohol zumute, etwas bedrückte ihn. Er stand eine Weile hinter der Theke herum, aber dort schien er sich unbehaglich zu fühlen, denn er begab sich zu seinen Kumpanen im rückwärtigen Raum.

Bauche rührte sich nicht von der Stelle und blickte unverwandt zu ihnen hinüber. Sie redeten von ihm.

Der Jagdaufseher senkte kaum die Stimme, als er fragte:

»Was hat François gesagt?«

Dann tuschelten sie miteinander. Als einer der Hunde zu ihm kam, rief ihn sein Herr zurück und befahl ihm, sich zu seinen Füßen niederzulegen.

Er hätte sich gerne hingesetzt, doch in seiner Nähe stand kein Stuhl, und er fürchtete, ihnen einen Schreck einzujagen, wenn er sich bewegte. Er hätte auch gerne noch etwas getrunken oder vielleicht etwas gegessen. Plötzlich erfaßte ihn der Gedanke, daß er Hunger hatte, und der Anblick der Sardinenbüchsen verursachte ihm einen stechenden Schmerz in den Eingeweiden.

Er war sich bewußt, daß er sie um nichts bitten durfte. Das auf keinen Fall! Sie würden es ihm sehr verübeln, wenn er auch nur einen Bissen zum Munde führte, denn es war ja, als hätte er unvermittelt aufgehört, ein Mensch zu sein. Ein anderes, überaus natürliches Bedürfnis, das er aber noch weniger befriedigen durfte, quälte ihn während der vierzig Minuten, die er noch zu warten hatte, den Blick unverwandt auf den Stuhl gerichtet, der zwei Meter von ihm entfernt stand, ohne daß ihm die Wohltat vergönnt war, sich ein Weilchen darauf auszuruhen.

Als erstes hatten die Hunde etwas gehört und spitzten die Ohren. Dann war das Brummen eines Motors zu vernehmen, es wurde lauter, Bremsen quietschten, eine Wagentür wurde zugeschlagen. Zwei uniformierte Gendarmen stießen die Tür auf. Das Ladenglöckchen bimmelte. Mit ihnen drang nächtliche Kälte und Feuchtigkeit in den warmen Raum.

»Sind Sie der Mann, der vorhin angerufen hat?«

Das folgende spielte sich wie ein Taschenspielerkunststück ab, als wäre die Szene in allen Einzelheiten geprobt worden. Bauche spürte die Hände eines der beiden Gendarmen an seinem Körper entlanggleiten, wohl um sicherzugehen, daß er keine Waffe trug. Der zweite pflanzte sich vor ihm auf, deutete auf seine Handgelenke:

»Deine Hände her!«

Im Nu hatten die Handschellen zugeschnappt.

Der Tonwechsel hatte sich völlig übergangslos vollzogen. Vorher hatte man ihn noch gesiezt:

»Sind Sie der Mann, der vorhin angerufen hat?«

Und dann unvermittelt das brutale ›Du‹, das nichts von einer vertraulichen Anrede hatte.

»Deine Hände her!«

Die drei Männer stellten ihre Gewehre in die Ecke, und man spürte, daß das Leben wieder in die altgewohnten Bahnen zurückkehrte.

»Deine Papiere.«

»In der Innentasche meines Jacketts.«

Er schien sich geradezu dafür zu entschuldigen, daß er sie wegen der Handschellen nicht selber hervorholen konnte.

Der Brigadier nahm auf seinem Stuhl Platz, um den Inhalt der Brieftasche zu untersuchen, und setzte seine Brille auf. Als er die Kennkarte gefunden, sie hin- und hergewendet hatte, ging er zum Telefon, drehte die Kurbel.

»Verbinden Sie mich bitte mit Orléans. Vordringliches Gespräch. Brigadier Rochain am Apparat.«

Er gab eine Nummer durch. Hinter den Brillengläsern wirkten seine Augen rund und böse.

»Hallo! Ist da die Bereitschaftspolizei Orléans? Hier spricht Brigadier Rochain, Vitry-aux-Loges. Es ist soweit. Ich gebe Ihnen seinen Namen und seine Adresse... Ja... Ich habe seine Kennkarte vor Augen, sie scheint in Ordnung... Schreiben Sie mit?... Albert Bauche... B wie Bernhard... A wie Aeroplan... U wie Ursula... C... Ja... H wie Heinrich... E wie Ernst... Nein... Verheiratet... Quai d'Auteuil Nummer 67 bis, in Paris...«

Bauche, der sich gern eine Zigarette angezündet hätte, wagte nicht darum zu bitten, daß man ihm dabei half, sein Päckchen aus der Tasche zu ziehen. Der zweite Gendarm führte eine Unterredung mit dem Wirt und seinen Kumpanen und ließ sich ein Glas Wein einschenken.

»Einen Moment. Ich frag ihn mal.«

Der Brigadier wandte sich zu Bauche:

»Wen hast du denn umgebracht? Wo? Wann?«

»Serge Nicolas... Gerade eben... Gegen halb sieben... Nein, eher um sechs...«

»Wo?«

»In seiner Wohnung, Rue Daru... Gleich hinter der Place de l'Etoile...«

»Hallo! Das habe ich eben von ihm erfahren...«

Er wiederholte Namen und Adresse, lauschte und fragte:

»Womit?«

»Mit einem Revolver.«

Er gab es durch, horchte.

»Zeugen?«

»Keine.«

In die Sprechmuschel sagte er:

»Es gibt keine Zeugen.«

Und so ging das Spiel weiter.

»Ist er tot?«

»Ich glaube schon... Ja... Er ist bestimmt tot...«

»Hallo. Er nimmt es an. Er sagt, daß er bestimmt tot ist. Wie bitte?... O. K. Wir sollen uns erst den Wagen ansehen? Verstanden. Geht in Ordnung. Ich weiß nicht. Etwas über eine Stunde bestimmt, noch dazu, wenn der Wagen auf einem Waldweg steht.«

Zu Bauche:

»Steht der Wagen auf einem Waldweg?«

»Ja.«

Er gab seinem unsichtbaren Gesprächspartner die Information weiter, hängte auf, nahm mit einer langsamen, feierlichen Bewegung seine Brille ab. Sogleich verlor er sein Beamtengesicht und sah genauso aus wie die anderen Bauern in diesem Wirtshaus.

»Weißt du genau, wo du dein Auto stehengelassen hast?«

»Ich glaub schon.«

»Kannst du uns hinführen?«

»Es ist der Weg, der von links kommt und an der Kirche endet. Ich hatte die Panne bei einem Bauernhaus, das an einem abschüssigen Wiesenhang liegt.«

»Bei Charasseau«, sagte der Jagdaufseher.

Der Wirt reichte dem Brigadier ein Glas Wein, das dieser nicht ausschlug und in einem Zuge leerte.

»Also los!«

Bauche hatte sich nicht zu sagen getraut, daß er Hunger und Durst hatte. Man bedeutete ihm, als erster hinauszugehen, die beiden Uniformierten folgten ihm auf dem Fuße. Sobald die Tür ins Schloß fiel, begaben sich die anderen wieder auf ihre Plätze am Tisch. Vielleicht war die Alte gar nicht schlafen gegangen und würde jetzt, die Katze auf dem Arm, herunterkommen und sich in ihren Korbstuhl setzen.

Auch auf dem Weg zum Auto wagte er nichts von dem anderen Drang zu sagen, der ihm jetzt zu schaffen machte.

Man schob ihn auf den Rücksitz. Die beiden Gendarmen nahmen vorne Platz. Es regnete immer noch, aber nicht mehr auf die gleiche Art und Weise. Auch die Dunkelheit, ja sogar die Bäume, deren dicht aneinandergedrängte Stämme im Scheinwerferlicht aufleuchteten, waren nicht mehr dieselben.

»Wird er auf uns warten?«

»Ja. Er hat heute Nachtdienst. Er setzt sich gerade mit Paris in Verbindung.«

Als Bauche sein Auto verlassen hatte, hatte er nicht bemerkt, daß es sich so weit über die Böschung neigte. Es stand da am Wegrand wie ein ausgedientes, ein wenig komisches Wrack. Der Brigadier stieg aus und bewegte sich im Scheinwerferlicht mit geradezu lächerlicher Vorsicht darauf zu, nahm sich sogar Zeit, die Wagennummer zu notieren, bevor er die Tür öffnete.

»Erlauben Sie, daß ich einen Augenblick …«, fragte Bauche den im Auto verbliebenen Gendarmen.

»Was soll ich erlauben?«

»Austreten …«

Er hatte gemeint, daß er nur klein mußte, wie er als Kind gesagt hatte, aber als er im Regen am Wegrand stand, der Gendarm, aus dessen Pfeife Rauch zu ihm drang, nur zwei Schritte von ihm entfernt, blieb ihm nichts anderes übrig, als die Demütigung auf sich zu nehmen:

»Ich bitte vielmals um Verzeihung...«

Sein großes Geschäft war noch nicht beendigt, als der Brigadier Rochain schon zurück war. Er musterte ihn von Kopf bis Fuß, als wäre er ein Tier, und setzte sich wieder ans Steuer.

Bauche war völlig durchgefroren. Das hohe Gras hatte seine Hosenaufschläge durchnäßt, und er fühlte sich schmutzig. Er sagte noch einmal:

»Ich bitte vielmals um Verzeihung.«

Die Tür wurde hinter ihm zugeschlagen. Der Gendarm setzte sich neben seinen Kollegen. Das Auto mußte aus dem Weg ausscheren und streifte die Bäume, denn nur mittels eines schwierigen Manövers konnte man dem zurückgelassenen Wagen ausweichen.

Die beiden Männer rauchten. Sie hatten breite Schultern, und ihre Uniformen rochen nach feuchter Wolle, ihr Atem war mit Weingeruch durchtränkt.

»Fährst du über Vitry?«

»Ich nehme die Abkürzung über den Kanal. Warum?«

»Einfach so. Sonst hätte ich kurz meiner Frau Bescheid gesagt.«

Dann:

»Es ist nicht von Belang.«

2

Von ihm war in ihrer Unterhaltung nicht die Rede, sie kümmerten sich auch nicht darum, ob er ihnen zuhörte oder nicht. Gewissermaßen zählte er nicht mehr als Mensch, seit man ihn, mit Stahlringen um die Handgelenke, auf den Rücksitz des Wagens bugsiert hatte, wo ihm die Vordersitze jede Fluchtmöglichkeit versperrten.

Während der ganzen Fahrt von Ingrannes nach Orléans war er für sie gleichsam gar nicht vorhanden. Beide rauchten, der eine Zigaretten, der andere Pfeife, aus der beißender Rauch aufstieg. Gemächlich plätscherte das Gespräch dahin, keiner hatte es eilig, dem anderen zu antworten. Sie sprachen von Leuten, die sie beim Vornamen nannten, als wären sie Schwägerinnen, die sich Sonntag nachmittags einen Besuch abstatten.

»Was hat er darauf erwidert?«

»Er hat halt gesagt, wenn er Arthur nicht so genau kennen würde, hätte die Sache ein böses Ende nehmen können, und daß Jeanne besser daran täte, von jetzt an den Mund zu halten.«

»Und der Alte?«

»Das komische war ja, daß der keinen Muckser getan hat. Siehst du, dem hat's einfach die Sprache verschlagen.«

Die Personen ließen sich nicht deutlich unterscheiden, träge gingen die Geschichten ineinander über, und er hätte schon einen Schlüssel gebraucht, um herauszufinden, wer eigentlich gemeint war. Schließlich vernahm er nur noch den Klang der Wörter, ohne daß sie für ihn ein Bild hervorriefen, als würden sie in einer fremden Sprache reden.

»Hast du mit dem Chef darüber gesprochen?«

»Ich werde es tun, sobald ich es für notwendig halte.«

»Übrigens, da wir schon vom Chef reden, hat der Kerl mit dem Vollbart dir erzählt, was ihm auf der Kirchweih passiert ist?«

Alle diese Dinge besprachen sie wichtigtuerisch und genüßlich, unterstrichen das eine oder andere durch hämisches Kichern.

Er wollte ihnen nicht zuhören, denn ihre Reden taten ihm weh. Mehr noch als vorher im Wirtshaus fühlte er sich hier von der Welt ausgeschlossen.

Als die Überlandstraße unmerklich in eine städtische Chaussee überging, wo noch die Überreste von alten Trambahnschienen zwischen den nassen Pflastersteinen aufleuchteten, dann und wann eine Straßenlaterne zu sehen war, fuhr dicht an ihrem Auto ein Bus vorbei. Die Menschen hinter den erleuchteten Scheiben wirkten wie Figuren in einem Gemälde. Wie gerahmt erschien ihm das Bild einer noch jungen Frau mit bleichem Gesicht unter einem blauen Hut, die einen schlafenden Säugling im Arm hielt. Beim Anblick der beiden Gendarmen runzelte sie die Stirn, beugte sich nach vorn, drückte die Stirn gegen die Scheibe, um herauszufinden, wer sich auf dem Rücksitz des Autos befand.

Dann erblickte er ein Kino, das seine Phantasie gefangennahm: Aus einem grell erleuchteten Geviert, das sich in der düsteren Straße befremdlich ausnahm, strömte müden Schritts eine Herde von Menschen mit hochgestellten Mantelkragen. Alle schickten sich an, die Schirme aufzuspannen. Auf einem buntscheckigen Plakat hob eine Frau ihren Rock bis zum oberen Schenkelansatz.

Sie kamen durch eine menschenleere Straße, dann durch eine weitere, wo die Schritte eines einzigen Passanten widerhallten, der sich sicher auf dem Heimweg befand. Sie bogen ab, und der Wagen hielt vor einem tristen Gebäude, wo nur zwei oder drei Fenster erhellt waren. Man ließ ihn aussteigen, führte ihn über den Gehsteig. Nur einmal gab ihm der Brigadier, scheinbar unabsichtlich, einen kleinen Schubs.

»Da rauf!«

Warum zwinkerten sie sich zu, als sie ihn vorangehen ließen? Die Treppe war staubig, kaum beleuchtet. Die Luft war mit dem allen Amtsgebäuden eigentümlichen Geruch durchtränkt. Im ersten Stock stieß der Brigadier Rochain eine Tür auf, als wäre er hier zu Hause, durchschritt ein leeres Büro, klopfte an einer zweiten Tür, unter der ein Lichtschein nach draußen drang. Niemand forderte ihn zum Eintreten auf, aber nach einiger Zeit wurde die Tür geöffnet, und das erste, was Bauche erblickte, war eine Frau mit grell geschminkten Lippen. Sie trug eine enganliegende Seidenbluse, rauchte eine Zigarette. Sie hätte die Frau auf dem Plakat sein können. Dann sah er den Mann, der eben die Tür aufgemacht hatte. Er wirkte ziemlich alt und verbraucht, nicht besonders sauber, und sein Anzug war zerknittert, wie das oft bei Leuten der Fall ist, die nachts arbeiten.

Bauche und seine Gendarmen traten in ein Büro, das mit seiner alten Schreibmaschine in einer Ecke und den Rauchfetzen, die rings um die Lampe in der Luft hingen, wie das Kontor eines kleinen, nicht besonders gutgehenden Unternehmens anmutete. Die Frau dachte nicht daran, sich zu entfernen. Auf den ersten Blick, ohne sich darüber zu wundern, hatte sie die Handschellen bemerkt, und sie musterte Bauche von Kopf bis Fuß, einen Anflug von Lächeln um den Mund, und blies ihm den Zigarettenrauch ins Gesicht.

Hatte der Inspektor ihn auch so aufmerksam angesehen? Es kam ihm nicht so vor. Sicher wollte er durch seine Haltung dokumentieren, daß er völlig abgebrüht und durch nichts mehr in Erstaunen zu setzen war.

Nach der Kälte draußen stieg dem Verhafteten im warmem Zimmer das Blut in den Kopf, und mit einem Male packte ihn das Gefühl, widerlichen Alkoholgeruch auszudünsten, die fiebrig glänzenden Augen eines Betrunkenen zu haben.

»Kommen Sie einen Augenblick mit!«

Nicht er war gemeint, sondern der Brigadier. Der Inspektor ging mit ihm ins Vorzimmer, wo kein Licht gebrannt hatte, und nach kurzem Zögern folgte der andere Gendarm den beiden. Anfangs ließen sie die Tür offen, sprachen mit gedämpfter Stimme. Jemand hielt wohl die Klinke in der Hand, denn die Tür bewegte sich, kam dem Rahmen immer näher und fiel schließlich ins Schloß.

Die Frau saß mit übereinandergeschlagenen Beinen da und sah ihn halb belustigt, halb neugierig an, blies ihm weiterhin kräftig den Zigarettenrauch ins Gesicht.

»Willst du eine?«

Er war so verblüfft, so gerührt, daß er nicht imstande war, ›ja‹ zu sagen. Sie trug einen Mantel mit Pelzkragen, der den Blick auf ihre Seidenbluse freigab. Sie saß so straff, daß man hätte meinen können, ihre Brustspitzen würden sie gleich durchstoßen. Sie roch nach Reispuder, nach starkem Parfüm. Ihr entströmte aber auch der Duft des begehrlichen Fleisches, des starken, vulgären Weibchens, und ihre Stimme war rauh.

»Ich nehme an, das soll ›ja‹ bedeuten. In solchen Momenten hat man immer Lust auf eine Zigarette. Ich wundere mich nur, daß sie dir keine gegeben haben. Das ist sonst üblich. Freilich sind es nur Gendarmen.«

Sie nahm eine Zigarette aus ihrer Handtasche, zündete sie an der ihren an, erhob sich mit einem Seufzer, als würde ihr eine große Anstrengung abverlangt, und schob sie ihm zwischen die Lippen. Zwei purpurrote Halbkreise prangten auf dem Zigarettenpapier, das zuckrig schmeckte.

»Was hast du ausgefressen? Ich wette, du hast einen kleinen Griff in die Kasse deiner Bank getan.«

Er nahm es ihr nicht übel, daß sie ihn für einen Angestellten hielt. Er antwortete nur deshalb nicht sofort, weil er fürchtete, sie würde sich dann wie die anderen verhalten.

»Vielleicht hast du auch ein Auto geklaut?«

Sie preßte ihre Schenkel an den Schreibtisch und sah ihn mit herablassender Freundlichkeit an.

Er folgte ihrem Blick, der auf seiner verschlammten Hose, seinen mit Lehmklumpen bedeckten Schuhen verweilte.

»Im Wald«, sagte er, als ob er auf eine Frage antwortete.

»Du hast wohl versucht zu verduften!«

»Nein.«

Er wurde sich bewußt, daß er andauernd auf ihren Busen starrte. Er konnte einfach nicht davon ablassen und errötete. Ihre Brüste waren schwer wie die von Anaïs und mochten sich ganz ähnlich anfühlen. Die Frau hatte sicher auch ebenso breite, fleischige Schenkel, kannte dieselben obszönen Gebärden.

Um diese Bilder zu vertreiben, sagte er:

»Ich habe einen Mann getötet.«

Die Frau rührte sich nicht von der Stelle, gab nur ein kurzes ›Ah!‹ von sich.

Dann wandte sie die Augen von ihm ab. Erst nach einer ganzen Weile nahm sie eine andere Stellung ein, drehte sich um, drückte ihre Zigarette im Aschenbecher aus, der auf dem Schreibtisch stand, begann dann auf- und abzugehen, vermied es, ihm ihr Gesicht zuzukehren. Zwei- oder dreimal, wenn sie an die Tür kam, war sie drauf und dran zu rufen, und sie hätte vielleicht die Geduld verloren, hätte nicht jemand den Knauf gedreht. Die Tür ging einen Spalt breit auf, und man vernahm die Stimmen von Männern, die sich voneinander verabschiedeten, dann die Schritte der Gendarmen, die sich zur Treppe wandten.

»Da bist du ja noch«, sagte der Inspektor, der sorgenvoll dreinblickte. »Ich gebe dir gleich deine Bescheinigung. Aber vergiß nicht, was ich dir angedroht habe.«

»Darauf können Sie sich verlassen.«

Er setzte sich an seinen Schreibtisch, schrieb ein paar Zeilen auf ein Blatt, das mit einem Briefkopf versehen war, suchte nach dem richtigen Gummistempel, den er neben seiner Unterschrift aufdrückte. Wahrscheinlich hatten die beiden etwas miteinander. Man sah ihm an, daß er sie gern wieder mit ins Nebenzimmer genommen hätte und daß sie damit rechnete, denn sie verfolgte alle seine Bewegungen mit anzüglichem Lächeln.

Er reichte ihr das Blatt, dann eine Kennkarte, die auf dem Schreibtisch gelegen hatte.

»Na, und nun?«

»Du kannst gehen.«

»Ist das alles?«

»Das ist alles.«

Auch für die beiden hatten die Wörter einen Nebensinn, den nur sie verstanden.

Sobald sie die Tür hinter sich geschlossen hatte, begann der Inspektor angelegentlich einen Bleistift zu spitzen, wandte sich schließlich Bauche zu und blickte ihn lange an. In seinen Augen glühte etwas wie kalte Wut.

Er war höchstens fünfzig, doch wirkte er vernachlässigt und kränklich, so daß er älter aussah.

»Schließlich und endlich hast du dich dazu entschlossen, dich der Polizei zu stellen!«

»Ich hatte nie die Absicht zu fliehen.«

»Du hattest nicht die Absicht zu fliehen, aber wegen einer Panne bist du im Wald von Orléans hängengeblieben!«

Es lief alles ganz falsch, und Bauche fühlte sich so verunsichert, als wäre er ein Schauspieler, den man plötzlich in einem Stück auftreten ließ, das er nicht einstudiert hatte. Seine Stirn fühlte sich glühend heiß an. Seine Ohren waren knallrot. Er riß sich zusammen, denn er hegte immer noch die Hoffnung, daß er den Sachverhalt so darlegen könnte, wie er es sich vorgenommen hatte.

»Setz dich hin! Bist du betrunken?«

Zweifellos hatte der Inspektor bemerkt, daß er ein wenig hin- und herschwankte, wie schon vorhin im Wirtshaus von Ingrannes.

»Nein.«

»Verstehst du, was ich sage?«

»Ja, ich glaub schon.«

»Du wirst also morgen nicht behaupten, man hätte dir das Geständnis unter der Folter entrissen?«

»Nein. Das verspreche ich.«

Auch der Inspektor schien sich unbehaglich zu fühlen, als liefen die Dinge nicht so, wie sie sollten.

»Wie oft hast du zugeschlagen?«

»Ich weiß es nicht.«

»Ich meine, mit dem Schürhaken.«

»Ich hab nicht gezählt. Er bewegte sich immer noch.«

»Du gibst also zu, daß sich seine Augen noch bewegten, als du mit dem Schürhaken auf ihn einschlugst?«

»Ja, er blickte mich an.«

»Sagte er etwas?«

»Er hätte es nicht gekonnt.«

»Warum nicht?«

»Die Kugel hatte ihm einen Teil des Kiefers herausgerissen, und seine untere Gesichtshälfte war nur noch ein Loch. Deswegen...«

»Deswegen hast du ihm mit dem Schürhaken zweiundzwanzig Hiebe versetzt?«

»Der Anblick war schlimm. Ich wollte nicht, daß er litt.«

»Und bloß damit er nicht leidet, hast du auf ihn eingeschlagen?«

»Nach dem ersten Schuß hatte sich der Revolver verklemmt. Ich nehme es jedenfalls an. Vielleicht steckte auch nur eine Patrone im Magazin. Er war ja nicht meiner. Als ich ins Zimmer trat, sah ich ihn auf dem Nachttisch liegen.«

»Und danach?«

»Wonach?«

»Nachdem du mit dem Schürhaken auf ihn eingeschlagen hast.«

»Ich befürchtete, daß er nicht tot war.«

»Und dann hast du nach einer Bronzestatuette gegriffen, um ihm den Schädel zu zertrümmern?«

»Ich bitte vielmals um Verzeihung.«

»Wie bitte?«

»Ich möchte mich entschuldigen. Ich konnte ihn doch in diesem Zustand nicht weiterleben lassen. Es war ohnehin zu spät.«

»Letzten Endes wolltest du sichergehen, daß er wirklich tot war.«

»Er sollte sich nicht mehr bewegen und mich nicht mehr anblicken. Ich hatte beschlossen, mich sofort der Polizei zu stellen.«

»Wann hattest du das beschlossen? Vorher?«

»Ja.«

»Also noch bevor du ihn aufsuchtest. Ist das so? Du gibst also zu, daß du die Absicht hattest, ihn umzubringen?«

»Ganz so verhielt es sich eigentlich nicht. Ich will versuchen, Ihnen den Sachverhalt darzulegen...«

»Einen Moment.«

Es war heiß im Raum. Der Inspektor zog seine Jacke aus, setzte sich in Hemdsärmeln an seine Schreibmaschine, ließ Kohlepapier zwischen zwei Bögen gleiten.

»Wir fangen noch einmal von vorne an. Antworte nur, wenn ich dir eine Frage stelle, und rede nicht zu schnell. Wir haben ja Zeit genug.«

»Ja.«

Er tippte langsam, mit zwei Fingern, und am Ende jeder Zeile ertönte ein kurzes Klingelzeichen, dann glitt der Wagen rasselnd in seine Ausgangsstellung zurück.

Genau in derselben Reihenfolge, beinahe wortgetreu wiederholte er die bereits gestellten Fragen, tippte sie, bevor er Bauches Antworten niederschrieb, an deren erste Formulierung sich dieser zu erinnern suchte.

»Also, du wolltest sichergehen, daß er wirklich tot war?«

»Ja.«

»Du hast eben gesagt: ›Er sollte sich nicht mehr bewegen.‹ Und du hast hinzugefügt, daß du beschlossen hattest, dich der Polizei zu stellen.«

»Das ist richtig.«

»Und ich habe dich gefragt, ob du das vorher beschlossen hattest.«

»Ja.«

»Wovor denn?«

Schweigen.

»Vor seiner Ermordung?«

»So war es wohl.«

»Du wußtest also, daß du ihn töten würdest?«

»Ich wußte, daß es irgendwann geschehen würde.«

»Also schon bevor du den Revolver auf dem Nachttisch gesehen hast? Bevor du überhaupt ins Zimmer getreten bist?«

»Sonst wäre es wahrscheinlich ein andermal geschehen.«

»Mit welchem Revolver? Auch mit dem seinen?«

»Vielleicht. Oder ich hätte mir einen gekauft.«

Das Klappern der Schreibmaschine dröhnte in seinem Kopf, und er blickte wie gebannt auf den unaufhaltsam sich fortbewegenden Wagen, auf den Tanz der Finger über den Tasten.

Er machte noch einen Versuch, um seine Aussage wieder in den Griff zu bekommen.

»So war es eigentlich nicht...«

»Einen Moment, bitte. Ich lese dir deinen letzten Satz vor. Du hast doch gesagt: ›Vielleicht hätte ich mir einen gekauft?‹ Also gut! Jetzt beantworte mir folgende Frage: Seit wann trugst du dich mit Mordabsichten?«

»Ich weiß es nicht.«

»Seit acht Tagen? Seit einem Monat? Seit sechs Monaten?«

»Seit einigen Monaten.«

»Hast du ihn jeden Tag im Büro gesehen?«

»Fast jeden Tag.«

»Hast du mit ihm zu Mittag oder zu Abend gegessen?«

»Ja. Das kam oft vor.«

»Hast du ihn niemals bedroht?«

»Nein.«

»Hast du nie etwas verlauten lassen, das seinen Argwohn hätte wecken können?«

»Niemals.«

Er versuchte noch einmal, aus dem Tunnel herauszukommen, in den er sich hineingetrieben fühlte.

»Ich möchte Ihnen begreiflich machen ...«

»Ja, ja, gleich. Antworte erst auf meine Fragen! Hast du Schulden?«

Das Wort traf ihn wie ein Donnerschlag ... Der Gedanke daran entsetzte ihn. Das hatte hier nichts zu suchen.

»Antworte!«

»Ja. Sicherlich. Ich habe Schulden.«

»Sind sie hoch?«

»Es kommt darauf an, was Sie hoch nennen.«

»Was springt beim Tod von Serge Nicolas für dich heraus?«

»Ich habe überhaupt nichts davon! Was sollte schon für mich dabei herausspringen, da ich ja doch im Gefängnis sitzen werde?«

»Nimm einmal an, niemand hätte je erfahren, daß du ihn getötet hast.«

»Aber ich hatte doch beschlossen, mich der Polizei zu stellen.«

»Was wäre für dich dabei herausgesprungen?«

»Daran habe ich nie gedacht. Es kommt darauf an.«

»Worauf kommt es an?«

»Auf die Papiere.«

»Papiere, die ihr beide unterschrieben habt?«

»Ja. Aber Geld wollte ich ohnehin nicht.«

»Was wolltest du dann?«

»Ich weiß es nicht mehr. Eben hätte ich es Ihnen noch sagen können. Ja, eben wäre es noch möglich gewesen. Alles schien ganz einfach. Aber da war einmal die Sache, daß er nicht sofort tot war, und ich, weil der Revolver nicht mehr ging, habe zuschlagen müssen.«

»Zweiundzwanzigmal hast du mit dem Schürhaken blindlings auf ihn losgeschlagen und ihm dann mit der Bronzestatuette den Schädel zertrümmert!«

»Das ist schon möglich. Ich habe Ihnen ja den Grund gesagt. Jedenfalls war ich ganz außer mir. Ich konnte doch nicht ahnen, daß sich das Ganze so abspielen würde. Ich hatte die Absicht gehabt, noch von seiner Wohnung aus die Polizei anzurufen und dort auf meine Festnahme zu warten. Aber ich konnte seinen Anblick nicht ertragen, deshalb bin ich hinuntergegangen. Ich habe meinen Überzieher liegenlassen.«

»Hat denn niemand den Schuß gehört?«

»Ich glaube nicht. In der Wohnung nebenan war eine Cocktailparty im Gange, und ich erinnere mich, daß dort Musik gemacht wurde. Im Treppenhaus bin ich einem jungen Mädchen begegnet, und ich habe mich an die Wand gedrückt, um sie vorbeizulassen. Als ich auf den Bürgersteig hinaustrat, sah ich meinen Wagen vor der Haustür stehen. An das Auto hatte ich gar nicht mehr gedacht. Ich hatte sogar vergessen, daß ich überhaupt eines besaß. Ich verspürte das Bedürfnis, ein wenig Luft zu schnappen, um vor dem Anruf bei der Polizei wieder zu mir zu kommen. Es wurde Nacht. Ich fuhr die Avenue de Wagram hinauf und wollte eigentlich über die Champs-Elysées weiter. Doch im Kreisverkehr auf der Place de l'Étoile bin ich in die falsche Straße eingebogen. Es waren ungeheuer viele Autos unterwegs. Es regnete. Plötzlich befand ich mich am Seineufer und fuhr über eine Brücke.«

»Einen Moment. Ich komme nicht mit. ›Ich fuhr die Avenue de Wagram hinauf und wollte...‹ Was dann?«

Er wiederholte folgsam das Gesagte.

»Und dann verging dir die Lust, dich der Polizei zu stellen?«

»Ich habe Ihnen doch gesagt, daß ich von Anfang an die Absicht hatte, es zu tun. Ich kann es Ihnen einfach nicht klarmachen. Sehen Sie, es spielte sich doch alles gar nicht so ab, wie Sie meinen.«

»Bist du irgendwo eingekehrt?«

»Nein. Auf den Gedanken bin ich gar nicht gekommen.«

»Du hattest nicht einmal das Bedürfnis, einen scharfen Schnaps zu kippen, um dich wieder zu fangen?«

»Nein. Ich fuhr einfach drauflos. Ich sah Lichter. Dann bin ich, ohne es zu merken, an einer Kreuzung abgebogen. Mit einem Male befand ich mich auf dem Land, und schließlich geriet ich in den Wald. Die Zeit schien mir sehr kurz.«

»Hattest du vollgetankt?«

»Warten Sie mal ... Ja, heute morgen, bevor ich die Garage verließ.«

»Mit dem Hintergedanken, daß du zur Flucht reichlich Benzin brauchen würdest?«

»Aber ich wollte doch gar nicht fliehen. Der Beweis dafür ist, daß ich sofort die Gendarmerie angerufen habe.«

»Nachdem du dich erkundigt hattest, ob es in der Nähe einen Automechaniker gebe.«

»Weil ich doch lieber im eigenen Wagen nach Paris zurückgekehrt wäre.«

»Warum eigentlich?«

Um den Inspektor nicht zu kränken, durfte er den wahren Grund nicht angeben. Er hatte Angst vor Schlägen gehabt, außerdem war er davon überzeugt, daß die Pariser ihn anders, mit mehr Fingerspitzengefühl behandeln würden als die Gendarmen vom Land oder ein Polizist der Provinz.

Beide schwiegen, und der Inspektor erhob sich, um sich Zigaretten von seinem Schreibtisch zu holen. Er entzündete sich eine, ohne ihm eine anzubieten. Neben der Zigarettenschachtel lag eine angebrochene Tafel Schokolade. Bei ihrem Anblick entsann sich Bauche, daß er Hunger hatte und daß er vielleicht wegen seines leeren Magens so wenig Stehvermögen hatte. Welch eine Wohltat wäre es, wenn das Fenster geöffnet würde, um ein wenig frische Luft hereinzulassen, aber es stand ihm jetzt weiß Gott nicht an, sich eine Vergünstigung auszubitten.

Niedergeschlagen, todunglücklich starrte er zu Boden. Der Inspektor tippte eine Frage, die Bauche zu erraten versuchte, die jener ihm aber erst vorlas, nachdem der Wagen der Schreibmaschine in seine Ausgangsstellung zurückgekehrt war.

»Warum hast du ihn getötet?«

Bauche hob die Augen und warf einen hilflosen Blick auf sein Gegenüber.

»Du verweigerst die Antwort?«

»Ich verweigere sie nicht.«

»Hattest du einen Grund, ihn zu töten?«

»Ich hatte bestimmt einen.«

»Welchen?«

Vorher war ihm alles klar gewesen. Mit spielerischer Leichtigkeit hätte er die Antwort formuliert und sie zu einer flammenden Anklagerede umgemünzt, wie eine Herausforderung hätte er sie deklamiert. Immer wieder hatte er sich ausgemalt, was er »danach« sagen würde, wenn er im Büro, auf der Straße, in seinem Bett zwischen den Zähnen hervorstieß:

»Ich werde ihn umbringen.«

Er hatte sich in diesen Wochen eine Rede zurechtgelegt, an der er lange gefeilt und die er genüßlich mit Zusätzen und Verbesserungen versehen hatte.

»Ich habe ihn getötet, weil...«

Nein! Das paßte alles nicht. Auch das Wirtshaus in Ingrannes hatte er nicht in seine Rechnung miteinbezogen, ebensowenig die Männer, die in ihm keinen Mitmenschen mehr sahen, oder gar die Gendarmen, die ihn wie ein Stück Vieh zur Schlachtbank führten, auch nicht den kränklichen Polizisten, der trotz seines vorgerückten Alters nur den Rang eines Inspektors bekleidete und der vorhin am liebsten mit der Dirne in den Nebenraum gegangen wäre, um ihre Brüste zu streicheln.

Weder die Schreibmaschine hatte er vorhergesehen, noch die Fragen, deren Sinn er nicht verstand, die sich aber in ihrer absichtsvollen Verknäuelung als sehr gefährlich erweisen könnten, genau wie beim Schachspiel, wo der Gegner scheinbar planlos seine Bauern vorschiebt, bis schließlich die Falle zuschnappt.

Noch im Auto, in seinem eigenen natürlich, mit dem er ziellos über Land gefahren war, hatte ihm alles deutlich, in neuer verblüffender Klarheit vor Augen gestanden, und wenn man ihn in diesem Augenblick verhört hätte...

Aber nein! In diesem Augenblick hätte keiner seine Sprache verstanden. Selbst für ihn verblaßte dieser Moment bereits zu einer unzusammenhängenden Erinnerung, wo aus der Dunkelheit blendende Strahlenbündel aufzüngelten, um dann in Regentropfen zu zerstieben.

»Ich stelle die Frage anders. Warum hast du dich schon seit Monaten mit dem Gedanken getragen, Serge Nicolas zu töten?«

Er öffnete den Mund, schloß ihn gleich darauf. Auch das konnte er nicht sagen.

»Hast du darauf keine Antwort?«

»Nein.«

»Jetzt möchte ich doch wissen, wie es zuging, daß du dich eben, oder vielmehr gestern, denn Mitternacht ist bereits vorüber, ganz plötzlich entschlossen hast, ihn umzubringen. Wenn ich recht verstehe, wußtest du vorher nicht, zu welchem Zeitpunkt es geschehen würde, aber du sahst voraus, daß es irgendwann einmal passieren mußte. Als du gestern in die Rue Daru fuhrst, hattest du den Entschluß noch nicht gefaßt, denn du warst nicht bewaffnet und du wußtest nicht, daß sich der Revolver von Serge Nicolas auf dem Nachttisch befand. Stimmt das?«

»Ja, das stimmt.«

»Also hat dich der Anblick des Revolvers dazu bewogen, sofort zu handeln, statt noch länger zu warten?«

»Nein.«

»Was war es dann?«

»Ich weiß nicht.«

»Moment mal. Vielleicht fange ich an zu begreifen. Willst du etwa versuchen, dich als geisteskrank hinzustellen?«

»Ich bin nicht geisteskrank.«

»Als du den Schuß abgegeben hast, warst du also vollkommen zurechnungsfähig?«

»Ja.«

»Du warst dir auch darüber im klaren, daß du einen Menschen töten und damit ein Verbrechen begehen würdest?«

»Ja.«

»Da komme ich nicht mit. Hast du mir sonst nichts zu sagen?«

»Ich tu doch mein Bestes, um auf Ihre Fragen zu antworten. Ich will gern weitermachen.«

»Nur antwortest du eben nicht auf die wesentliche Frage.«

Mit dem Ausdruck eines wohlerzogenen Jungen im Gesicht sagte er noch einmal:

»Ich bitte vielmals um Verzeihung.«

Mit leiser Stimme fügte er hinzu, wandte dabei den Blick ab:

»Ich habe großen Hunger.«

Er hatte die Reaktionen der Leute richtig eingeschätzt, denn auch dieser Polizist, der doch einiges gewohnt war, starrte ihn stirnrunzelnd an, als wäre er verblüfft, ja empört darüber, daß ein Unmensch wie er ein natürliches Bedürfnis verspürte.

»So, so, Hunger hast du!«

»Ja.«

Der Inspektor erhob sich, ging nervös im Büro auf und ab, sein Blick fiel auf die Tafel Schokolade mit dem angerissenen Papier, und er warf sie ihm von weitem auf den Schoß. Dann setzte er sich wieder an seinen Schreibtisch, las mindestens zehn Minuten lang in den eben getippten Seiten, strich hie und da eine Zeile mit dem Bleistift an, verglich manche Stellen mit seinen Notizen, die er sich vermutlich während seiner Telefongespräche mit Paris gemacht hatte.

»Könnte ich einen Schluck Wasser haben?« fragte Bauche, als der Inspektor zu Ende gelesen hatte.

Der Inspektor trat in den Flur, wo sich ein Waschbecken befand. Wegen der Handschellen, an die Bauche sich noch nicht gewöhnt hatte, verschüttete er die Hälfte des Wassers auf seine Hose.

»Danke. Es tut mir furchtbar leid, Ihnen soviel Mühe zu machen.«

Der Inspektor wandte ihm achselzuckend den Rükken zu und setzte sich wieder an die Maschine. Er schien aufgegeben zu haben. Die weiteren Fragen, die er ihm mit ausdrucksloser Stimme stellte, hatten rein formalen Charakter.

»Du heißt Albert Bauche, und wenn ich richtig unterrichtet bin, bist du siebenundzwanzig Jahre alt?«

»Ja, Monsieur.«

Paris hatte bereits Ermittlungen angestellt, und zum ersten Mal sagte sich Bauche, daß man wohl auch Fernande schon vernommen hatte.

»Wo bist du geboren?«

»In Montpellier.«

»Was war dein Vater von Beruf?«

»Er war Lagerverwalter bei einem Drogeriewarengroßhändler. Dann wurde er im Krieg verwundet und büßte dabei einen Arm ein...«

Das interessierte den Inspektor nicht.

»Lebt er noch?«

»Er ist vor sieben Jahren gestorben.«

»Und deine Mutter?«

»Lebt noch.«

»In Paris?«

»Nein, in Grau-du-Roi, Département Gard. Dort haben wir fast immer gewohnt.«

»Hast du Geschwister?«

»Eine verheiratete Schwester, sie lebt in Marseille.«

»Bist du auch verheiratet?«

»Seit vier Jahren.«

»Hast du dich in Paris trauen lassen?«

»Ja. Ich bin kurz nach dem Tod meines Vaters dorthin gezogen.«

»Wovon hast du gelebt, bevor du bei Serge Nicolas gearbeitet hast?«

»Ich habe Zeitungsartikel geschrieben, mich irgendwie durchgeschlagen.«

Sie wurden durch das Klingeln des Telefons unterbrochen. Der Inspektor stand auf und ging zu seinem Schreibtisch hinüber.

»Hallo! Ja... Ich bin selbst am Apparat... Er ist hier, ja... Nein, ich weiß nicht recht, wie ich das beantworten soll... Ich habe getan, worum Sie mich gebeten haben. Nein... Ich bin fast fertig. Ich war dabei, seine Personalien aufzunehmen... Wenn Sie einen Augenblick Zeit haben, wäre es vielleicht das beste, ich lese Ihnen das Vernehmungsprotokoll vor...«

Er zog die Papierbogen näher zu sich heran.

»Können Sie mich hören?... Also... Ich habe alles direkt in die Maschine getippt, und es muß noch ins reine geschrieben werden...

FRAGE: Bist du betrunken?

ANTWORT: Nein.

FRAGE: Verstehst du, was ich sage?

ANTWORT: Ja. Ich glaub schon.«

Im weiteren Verlauf des Gesprächs begnügte sich der Inspektor damit, nur noch die Anfangsbuchstaben von ›Frage‹ und ›Antwort‹ auszusprechen.

Das Ganze wurde in monotonem Tonfall, wie ein unendlich langer Rosenkranz abgespult, es gemahnte ihn an die Reden der beiden Polizisten während der Fahrt nach Orléans. Zwar vermochte er die Worte zu unterscheiden, doch ihre Bedeutung begriff er kaum.

Er fühlte sich so niedergeschlagen, daß ihn das nicht mehr berührte und die Versuchung in ihm aufkam, sie einfach nach ihrem Gutdünken schalten und walten zu lassen, ihnen nicht mehr zu antworten, sich nicht einmal mehr die Mühe zu machen, ihnen zuzuhören.

»Mehr habe ich bislang nicht aus ihm herausbringen können. Er soll im Wirtshaus von Ingrannes vier Gläser Schnaps getrunken haben, aber er kommt mir nicht vor, als hätte er einen Rausch. Als der Brigadier im Wald sein Auto untersuchte, bat er um die Erlaubnis auszutreten. Erst eben hat er mir gesagt, daß er hungrig sei, und hat Schokolade gegessen. Das ist alles. Wie bitte? Pardon, ich wußte nicht, daß sie in Ihrem Büro ist. Darüber haben wir nicht gesprochen. Ich kann ihn ja mal fragen. Legen Sie nicht auf!«

Er wandte sich zu Bauche:

»Seit wann ist deine Frau die Geliebte von Serge Nicolas?«

»Ich weiß es nicht.«

»Du weißt nicht, daß sie seine Geliebte war?«

»Das habe ich nicht behauptet. Ich weiß nur nicht, seit wann.«

Der Inspektor sagte in den Apparat:

»Hallo, Chef... Ja, er wußte davon... Wie bitte?... Eine Sekunde...«

Wieder zu Bauche gewandt:

»Wann hast du es erfahren?«

»Das ist schon lange her.«

»Mehrere Monate?«

»Ja.«

»Über ein Jahr?«

»Ich glaub schon. Ja, bestimmt.«

»Er wußte es seit über einem Jahr, Chef. Die Frage

scheint ihn nicht sonderlich zu interessieren ... Schon möglich ... Ich glaube, daß ich zeitlich hinkomme. Ich muß mich nur vergewissern, daß jemand im Büro bleibt ... Einen Augenblick, bitte.«

Er verließ den Raum im Eilschritt, und verblüfft hörte ihn Bauche die Treppe hinunterrennen. Man ließ ihn ohne jede Überwachung mutterseelenallein neben einem abgenommenen Telefonhörer sitzen, als bestünde nicht die geringste Gefahr, daß er einen Fluchtversuch machen würde. Er hatte übrigens nicht die geringste Lust, sich von seinem Stuhl zu erheben. Unverwandt starrte er auf den Hörer, aus dem fernes Stimmengemurmel drang.

Der Inspektor war schon wieder zurück.

»Hallo! Unten ist Mazerel, der eben hier eingetroffen ist. Es wäre vielleicht besser, ich schicke ihn zur Begleitung mit, denn er weiß noch nicht so gut Bescheid, daß ich ihm den Nachtdienst anvertrauen könnte ... Ist recht, Chef ... Ich werde es ihm sagen ... Er wird Ihnen die Rohfassung meines Berichtes aushändigen, ich habe davon ein Doppel angefertigt. Die Reinschrift schicke ich Ihnen morgen mit der Post zu.«

Er ging zur Treppe, rief:

»Mazerel! Komm rauf, Junge ...«

Zehn Minuten lang besprachen sich die beiden im Nebenraum, und Bauche, den das Stück Schokolade nicht gesättigt hatte, verspürte immer noch Hunger.

»Komm rein, ich muß dir noch meinen Bericht geben.«

Mazerel war ein junger Mann von nicht ganz fünfundzwanzig Jahren. Er trug einen Regenmantel, wie Bauche in seiner ersten Pariser Zeit, als er sich noch keinen Überzieher hatte leisten können. Er warf einen kurzen Blick auf den Verhafteten, schien erstaunt darüber, daß dieser kaum älter war als er selbst.

»Hat er denn keinen Mantel?«

»Man hat ihn mir so hergebracht. Er soll ihn am Tatort liegengelassen haben. Ich habe vergessen, den Kommissar zu fragen, ob das zutrifft.«

»Es trifft zu«, bestätigte Bauche, als ob er den jungen Polizisten von seiner Aufrichtigkeit überzeugen wollte, obwohl keiner das Wort an ihn gerichtet hatte.

Er sagte noch:

»Mein Hut liegt auf dem Stuhl neben der Tür.«

Einer der Männer stülpte ihn ihm achtlos über den Kopf.

»Hast du alles genau verstanden, Junge?«

»Ich habe genau verstanden. Keine Sorge!«

Vor dem Eingang stand kein Wagen. Man hatte sich nicht einmal die Mühe gemacht, ein Taxi anzurufen, um sie zum Bahnhof zu bringen. Die Straßen waren menschenleer, es fiel feiner Nieselregen, die Cafés waren geschlossen.

Bevor sie das Büro verließen, hatte Mazerel etwas getan, das Bauche so sehr an eine Filmszene erinnerte, daß es ihn erheiterte. Er hatte nämlich mit einem Schlüssel eine der beiden Handschellen geöffnet und sie ganz selbstverständlich um sein eigenes Handgelenk einrasten lassen, so daß sie jetzt aneinander gekettet waren.

Aus diesem Grunde kam es auf dem Bürgersteig zu

einer kurzen Verzögerung. Da sie nicht den gleichen Geh-Rhythmus hatten, gab es erst so manchen Ruck, doch nach einer Weile vermochten sie ihre Schritte aufeinander abzustimmen, wobei sie ständig aus den Augenwinkeln auf ihre Beine blickten.

»Zigarette?« fragte der junge Polizist, als sie an einer Straßenecke angelangt waren.

Bauche mußte sein Handgelenk heben, damit Mazerel desgleichen tun und die beiden Zigaretten anzünden konnte.

Auf dem gegenüberliegenden Gehsteig strebte ein Paar dem Bahnhof zu, der am Ende der Straße zu sehen war.

3

Den Rest der Nacht verbrachte er zumeist in quälendem Dämmerzustand, den nur wenige scharfe Bilder durchblitzten, Bilder, die ihm wegen ihrer Kontrastwirkung und ihrer Überdeutlichkeit nicht weniger irreal erschienen. Da war zum Beispiel der Bonbonautomat in der Bahnhofshalle von Orléans. Das Büfett war geschlossen, desgleichen der Ausschank. Ein paar Menschen irrten durch den Wartesaal, unter ihnen auch das Paar, das er auf dem anderen Bürgersteig der Hauptstraße wahrgenommen hatte. Bauche war es jetzt gleichgültig, ob man ihn ansah und seine Handschellen bemerkte. Obwohl der Inspektor und er aneinander gekettet waren, konnte kein Zweifel darüber aufkommen, daß er der Verhaftete war. Die Leute wußten sofort Bescheid: der fehlende Überzieher, sein hochgestellter Jackenkragen, seine verschmutzte Hose und seine schlammigen Schuhe deuteten unweigerlich auf ihn.

Die Reisenden, den Eindruck gewann er, hielten sich in sicherer Entfernung, setzten unbeteiligte, gleichgültige Mienen auf, als wäre er ein bissiger Hund, der zum Glück an einer festen Kette liegt.

Nur eines bedrängte ihn, wurde ihm bald zur Besessenheit, das war sein Hunger, der sich ihm schwer auf die Brust gelegt und sich auch seines Gehirns bemächtigt hatte. Als er in einer Ecke der Halle neben einem Plakat, das den Strand von Royan abbildete, einen grünen Bonbonautomaten gewahrte, wurde er für ihn zum Mittelpunkt der Welt.

»Ich frage mich, ob er funktioniert«, sagte er so beiläufig wie möglich, um sich seine Menschenwürde nicht ganz zu vergeben.

Mazarel, der mit den Augen den Bahnhofsvorsteher suchte, um die Fahrt mit ihm zu besprechen, antwortete zerstreut:

»Die funktionieren nie.«

»Würde es Ihnen etwas ausmachen, wenn ich's mal versuche?«

Mit seiner freien Hand fischte er ein paar Münzen aus seiner Westentasche, aber er hatte nicht das passende Kleingeld. Geduldig wechselte es ihm der Inspektor.

So kam es zu einem kleinen Auftritt an dem Automaten, aus dem anfangs auch nicht ein einziges Bonbon herausfiel. Dabei war er randvoll. Hinter den schmalen Scheiben stapelten sie sich, nach Farben geordnet. Nun fand auch der Inspektor Geschmack an der Sache, versuchte erst, den Automaten gleichsam zu überlisten, dann schlug er mit der Faust gegen den Apparat, und als endlich ein braun verpacktes Stückchen Schokolade herausfiel, freute er sich diebisch darüber, genau wie sein Gefangener. Nun drückten beide auf die verschiedenen Knöpfe, versuchten es mit jeder Farbe, mit jedem Aroma.

Bauche lutschte eines nach dem anderen genüßlich zu Ende. Er hatte über ein Dutzend davon in seiner Hosentasche.

»Wollen Sie nicht auch welche?«

»Nein, danke.«

Der Inspektor lehnte nicht aus Verachtung oder Widerwillen gegen ihn ab. Er mochte eben einfach keine Süßigkeiten. Bauche hatte Verständnis dafür.

Auf dem Bahnsteig stießen sie auf den Bahnhofsvorsteher oder seinen Stellvertreter, und gleich darauf fuhr der Zug ein. Der Vorsteher erklärte dem Zugführer die Situation. Der Schnellzug, der von der spanischen Grenze kam, war schon verschmutzt, und die Reisenden, die bei geschlossenen Fenstern schliefen, betrachteten ihr Abteil mit dem bläulichen Nachtlicht ein wenig als ihre eigenen vier Wände und grunzten verärgert, wenn jemand die Schiebetür einen Spalt breit öffnete. In den Waggons dritter Klasse hingen dösende Menschen wie Trauben über den Koffern, mit denen die Gänge vollgestellt waren.

Schließlich machte man für sie ein leeres Abteil erster Klasse ausfindig, das die Aufschrift »reserviert« trug. Mazerel schloß die Tür, öffnete seinen Handschellenring und ließ ihn um Bauches Gelenk einrasten.

»Ich nehme an, daß Sie schlafen möchten.«

»Ich weiß nicht. Schon möglich.«

Er überließ ihm eine ganze Bank, setzte sich, nachdem er seinen Regenmantel ausgezogen hatte, in eine Ecke und vertiefte sich in eine hektographierte Broschüre, von der er bis Paris nicht mehr aufblicken sollte. Es handelte sich um eine Einführung ins Strafrecht, über das er ein Examen ablegen mußte.

Bauche schlief. Jedenfalls nickte er mehrmals ein. Wenn er die Augen öffnete, fiel sein Blick auf die

Broschüre und die übereinandergeschlagenen Beine seines Bewachers. Er hatte alle Bonbons gegessen, deren verschiedene Aromen nicht zusammenstimmten, so daß ihm davon übel wurde. Vielleicht hatten sie sein Hungergefühl eher noch verschlimmert. Er vermochte es nicht zu sagen. Er war todmüde, so schlapp, wie er es sein ganzes Leben noch nie gewesen war, obwohl er sich oft eine oder sogar zwei Nächte um die Ohren geschlagen hatte. Einmal träumte er von dem Wirtshaus, das ihm viel größer und überaus langgestreckt erschien. Im Vordergrund sah er nur den riesenhaften Wirt mit der Schürze, während die anderen im Hintergrund aufgrund der Tiefenperspektive zwergenhaft wirkten. Da war etwas mit dem Telefon, etwas überaus Peinliches. Es ging dabei um die Ehre, und er gab sich alle Mühe, dem Wirt begreiflich zu machen, daß er trotz allem ein rechtschaffener Mensch war.

Mit geschlossenen Augen hörte er die Leute im Gang kommen und gehen, das Gepäck zur Tür schleifen, um schneller aussteigen zu können. Das bedeutete, daß der Zug bald in Paris einfahren würde. Der Traum hatte ihm das einzig Wichtige ins Gedächtnis gerufen, nämlich das, was er sich zu sagen vorgenommen hatte.

Er war ein Ehrenmann, und Serge Nicolas, dessen wirklicher Name Schopkin lautete, war ein Schuft. Selbstverständlich sind Schufte immer stärker als rechtschaffene Leute. Der Beweis dafür war, daß niemand, wenn er gestern so unklug gewesen wäre, Serge Nicolas anzuklagen, auf ihn gehört hätte. Im besten

Falle hätte man ihn ausgelacht, im schlimmsten hätte Nicolas ihn wegen Verleumdung vor Gericht gezogen und wahrscheinlich seinen Prozeß noch gewonnen.

So sah die Wahrheit aus. Er würde es beweisen. Daß er ihn getötet hatte, war bereits ein Beweis. Denn man tötet doch einen Menschen nicht ohne Grund, und er persönlich hatte nicht den geringsten Vorteil von seinem Tod. Nicht den allergeringsten. Alles was er davon hatte, war, daß er um den Preis seiner Freiheit, ja seines Lebens, der Gerechtigkeit zum Sieg verhalf, und das tut man doch nicht, wenn man nicht einen guten Grund hat.

Noch vor einigen Stunden war ihm alles sonnenklar gewesen. Auch jetzt schien es ihm wieder einleuchtend, wenn auch nicht mehr ganz so sehr. Wahrscheinlich war es auf seine Übermüdung zurückzuführen, daß er nun alles verschwommener sah.

Darauf kam es auch gar nicht an. Diese Dinge wollte er erst vor Gericht zur Sprache bringen. Er hatte nur nicht vorhergesehen, daß er nicht sofort vor Gericht stehen würde, daß er eine lange Zwischenperiode durchzustehen hätte, eine Art Fegefeuer, wo er Leuten wie dem Wirt von Ingrannes, den beiden Gendarmen und dem Inspektor in Orléans ausgeliefert war.

In Paris würde es schon besser sein, vor allem wenn er mit einem Richter sprechen konnte. Vielleicht hatte der junge Inspektor bereits etwas davon begriffen. Er hatte ihn nicht geduzt, ihm eine Zigarette angeboten. Er hatte keinen Abscheu vor seiner körperlichen Nähe gezeigt – immerhin waren ihre Handgelenke aneinandergekettet gewesen.

Leider bekundete er kein Interesse an Bauche. Er

hatte ihm keine Möglichkeit gegeben, mit ihm ins Gespräch zu kommen, und sich kurzerhand in seinen Kurs über Strafrecht vertieft.

»Wir sind da.«

Er zog seinen Regenmantel an, und wiederum begann die Prozedur mit den Handschellen. In Paris regnete es nicht mehr, aber es war neblig. Sie folgten dem Menschenstrom auf dem Bahnsteig. Mazerel nahm ein Taxi.

»Quai des Orfèvres.«

Bauche, der den Gare d'Austerlitz nicht wiedererkannte, hatte nur darauf geachtet, ob der Ausschank noch geöffnet war.

»Glauben Sie, daß man irgendwo etwas zu essen auftreiben könnte?«

Der Inspektor redete mit dem Taxifahrer, der in Richtung des Boulevards Saint-Michel abbog und schließlich eine kleine, noch erleuchtete Bar ausfindig machte. Mazerel drückte ihm Geld in die Hand. Sie warteten, dann kehrte der Fahrer zurück, zog vier hartgekochte Eier aus seiner Manteltasche und eine Semmel.

»Das ist alles, was sie noch hatten.«

Es war wohl kein echter Hunger, denn sobald Bauche das erste Ei zum Munde führte, wurde ihm übel. Aber da er so sehr darauf gedrungen hatte und nicht den Eindruck erwecken wollte, Mätzchen zu machen, zwang er sich dazu, es herunterzuschlucken, aß noch ein zweites, und er hätte sie alle vier verzehrt, wenn das Taxi nicht am Quai des Orfèvres gehalten hätte.

Das Treppenhaus und auch die Korridore waren menschenleer. Im Vorzimmer war der Bürodiener nicht auf seinem Posten. Der Inspektor, der sich hier unbehaglich fühlte, aber sich nicht anmerken lassen wollte, daß er beeindruckt war, öffnete aufs Geratewohl zwei oder drei Türen, bis er schließlich jemanden in einem Büro antraf.

»Kommissar Mauduit?«

»Er ist etwa vor einer Stunde weggegangen, als er mit der Frau fertig war. Er hat mir Anweisungen hinterlassen. Sie kommen wohl aus Orléans?«

Irgendein niederer Dienstgrad, der zur Nachtarbeit seinen angeknöpften Kragen und seinen Schlips abgenommen hatte.

»Hat er keine krummen Touren versucht? Ich stelle Ihnen eine Entlastungsbescheinigung aus. Ich glaube, Sie haben mir einen Bericht zu übergeben.«

Hätte man Bauche unvermutet die Frage gestellt, wo er sich befinde, so hätte er nicht auf Anhieb antworten können, denn er vermochte sich vor Müdigkeit kaum auf den Beinen zu halten. Nach den hartgekochten Eiern verspürte er Durst. Als Mazerel den Raum verließ, packte ihn helles Entsetzen, denn der Inspektor war wenigstens unvoreingenommen, während ihn der neue mit giftigen Blicken musterte.

»Komm mal her!«

Dann besann er sich anders:

»Schnürsenkel, Krawatte!«

»Muß ich sie hierlassen?«

»Scheint so. Leer deine Taschen aus! Leg alles auf den Tisch!«

Das Warten verdüsterte seine Laune.

»Komm jetzt, du Saukerl!«

Am Ende eines Korridors stieß er den Häftling in einen Raum und schloß die Tür hinter ihm ab, ohne ein Wort zu sagen. Vergeblich tastete Bauche nach einem Lichtschalter. Er fand nur ein Feldbett, an dem er sich gestoßen hatte und auf dem er sich schließlich ausstreckte. Dann begann er zu weinen, fürchtete, keinen Schlaf zu finden, sprang erschrocken auf die Füße, als jemand ihn an der Schulter rüttelte.

Es war heller Tag. Durch ein hoch oben, außerhalb seiner Reichweite befindliches Fensterchen fiel das Licht in den Raum, dessen gelb gestrichene Wände mit Kritzeleien beschmiert waren und dessen einziges Möbelstück das Feldbett war.

Vor ihm stand nicht der Mann, der ihn eingeschlossen hatte, sondern ein kleiner Dicker, der ein wenig schielte und aus dem Mund roch.

»Du bist also der Kerl, der das fürchterliche Gemetzel angerichtet hat!«

Bauche war zu müde, um Einspruch zu erheben. Er war noch abgeschlagener als am Vortag, sein ganzer Körper tat ihm weh, seine Zunge war pelzig, in seinem Hinterkopf verspürte er einen bohrenden Schmerz.

»So ein verdammter Schweinehund...«

Sicher war da jemand, der verstehen würde, wie lächerlich diese Beschuldigung war und daß er nur deshalb so wild auf sein Opfer eingeschlagen hatte, weil er nicht ertragen konnte, den Mann leiden zu sehen.

In seiner frühen Kindheit, als er noch keine zehn Jahre alt war, hatte sich etwas Ähnliches mit einer Katze zugetragen. Er war nicht allein schuld. Zu dritt hatten sie eine herrenlose, räudige Katze, die anzufassen ihm seine Mutter verboten hatte, mit Steinen beworfen.

Der größte Stein aber, oder vielleicht hatte auch nur einer besser gezielt, traf das Tier am Kopf, so daß ein Auge förmlich aus seiner Höhle sprang und wie ein dicker Knopf an einem Faden baumelte. Trotz seines Zustands versuchte das Tier noch zu fliehen. Seine beiden Spielkameraden machten sich schleunigst davon. Nur er war hinter der Katze hergelaufen und hatte mit einer Art von Raserei, in der Hoffnung, dem Ganzen ein Ende zu machen, ohne Unterlaß weitere Steine geworfen, und er war in einer jämmerlichen Verfassung nach Hause zurückgekehrt, nachdem das Tier ihm entkommen und durch ein Kellerfenster verschwunden war. Er hatte die Katze niemals wiedergesehen und auch nie mehr von ihr gehört. Noch zwei Jahre später wagte er nicht, an dem Haus mit dem Kellerfenster vorbeizugehen, denn er fürchtete, sie würde plötzlich dort herausspringen.

»Mußt du nicht auf die Latrine?«

Er verneinte. Er hatte noch nicht auf den Boden der Wirklichkeit zurückgefunden.

»Dann komm mit!«

Im Gang herrschte nun große Geschäftigkeit. Türen wurden geöffnet und geschlossen, Gruppen von Menschen standen diskutierend beieinander, andere gingen wartend auf und ab. Er hatte gehofft, daß man ihm erlauben würde, sich zu waschen, sich vielleicht auch zu rasieren und zu kämmen, aber niemand schien seinen verwahrlosten Zustand zu bemerken.

Sein Bewacher klopfte an eine Tür und meldete:

»Da ist er, Herr Kommissar!«

Bauche gelangte in ein anderes Büro als am Vorabend. Es war bequemer und rationeller eingerichtet als das in Orléans. Ein großes Fenster gab den Blick auf die Seine frei. Der Himmel war grau. Draußen war es bestimmt kalt. Es sah nach jener feuchten Kälte aus, bei der einem die Füße und Fingerspitzen erstarren. Der Kommissar stand am Fenster, rauchte eine Zigarette und sah ihn an.

Er mochte Anfang vierzig sein und war mit sportlicher Eleganz gekleidet. Man hätte ihn für einen Arzt, einen Rechtsanwalt oder für den persönlichen Referenten eines Ministers halten können.

»Setzen Sie sich!«

Auch er siezte ihn, aber in seiner Stimme schwang keine Herzlichkeit. Auf dem Schreibtisch lag die entfaltete Morgenzeitung. Auf der ersten Seite prangte ein Foto, auf dem Bauche sich selbst erkannte. Es stammte aus dem vorigen Sommer und zeigte ihn zusammen mit Fernande im Badeanzug und Serge Nicolas. Es war in Deauville vor der ›Bar du Soleil‹ aufgenommen worden.

»Wir begeben uns gleich in die Rue Daru, wo die Staatsanwaltschaft uns erwartet. Ich habe das Vernehmungsprotokoll aus Orléans gelesen. Wenn Sie dem etwas anzufügen haben, bitte ich Sie, es jetzt zu tun.«

»Ja, Herr Kommissar.«

»Also gut!« seufzte sein Gegenüber. Er schien nicht darauf gefaßt und sogar ein wenig enttäuscht.

Er öffnete eine Tür, hinter der mehrere Leute eine Unterredung führten und rief:

»Neveu! Kommen Sie bitte mit Ihrem Stenogrammblock!«

Ein junger, strohblonder Mensch nahm auf einem der Stühle Platz und wartete, den gespitzten Bleistift in der Hand, den Schreibblock auf den Knien.

»Nun, so reden Sie!«

Zweimal tat Bauche den Mund auf, schloß ihn wieder, suchte vergeblich nach Worten, denn er wußte nicht, wo er anfangen sollte.

Beinahe wäre ihm entfahren:

»Ich bin ein Ehrenmann.«

Aber er sah wohl ein, daß jetzt nicht der geeignete Augenblick für eine derartige Äußerung war, die die anderen als einen gotteslästerlichen Frevel empfunden hätten.

»Also?«

Da ihm nichts anderes einfiel, fragte er:

»Haben Sie meine Frau gesehen? Was hat sie gesagt?«

»Die Gegenüberstellung wird im gegebenen Moment stattfinden.«

»Wie bitte?«

Das Wort ›Gegenüberstellung‹ verwirrte ihn, da es sich doch um Fernande handelte. Gleich darauf sagte er noch etwas Törichtes, das er gern zurückgenommen hätte.

»Ist sie mir böse?«

»Ich mache Sie darauf aufmerksam, daß Sie selbst auf

diesen Punkt zu sprechen kommen. Seit gestern abend hatten Sie ja Zeit zum Nachdenken. Wann hat Nicolas Ihnen angedroht, Ihnen seine Zuschüsse zu sperren?«

»Ich verstehe nicht. Er hat mir das niemals angedroht.«

»Hat er denn niemals angedeutet, daß Sie ihn reichlich teuer zu stehen kommen?«

»Ich?«

Doch genau in dem Augenblick, als er sich heftig dagegen verwahren wollte, wurde er puterrot im Gesicht, wandte den Blick ab. Gerade eben war nämlich der entscheidende Satz in seiner Erinnerung aufgetaucht, der Satz, der für ihn tabu war, den zu verdrängen er sich so große Mühe gegeben hatte. Die Sache lag drei Monate zurück. Es war ein schöner, sonniger Tag. Es war heiß. Bauche war etwas eher als sonst aus dem Filmstudio zurückgekehrt, und als er durch das Vorzimmer ihrer Geschäftsstelle an den Champs-Elysées schritt und nicht auf sein eigenes Büro, sondern auf das von Serge zuging, rief ihm Annette, die Sekretärin, nach:

»Monsieur Nicolas kann niemanden empfangen. Er hat eine Besprechung.«

»Mit wem?«

»Mit Monsieur Ozil.«

Es hatte ihn immer schon ein wenig geärgert, wenn die beiden Männer sich einschlossen, deshalb zuckte er nur die Achseln, stieß kurzerhand die Verbindungstür auf. Vor dem Büro von Serge Nicolas wie auch vor seinem eigenen befand sich eine kleine Diele, die zu einer weiteren Tür führte. Zufällig war diese Tür nur angelehnt. Man hatte ihn nicht kommen hören. Man konnte ihn auch nicht sehen. Es war kurz nach dem Mittagessen, und der Zigarrenrauch drang bis zu ihm.

Er hatte nicht wirklich die Absicht gehabt, sich zu verstecken, um ihr Gespräch zu belauschen, doch er begriff sofort, daß es sich um ihn handelte.

Ozil, der fehlerhaftes Französisch sprach, sagte:

»Das ist ja alles schön und gut. Was aber, wenn er dahinterkommt, welche Rolle er hier wirklich spielt?«

Dann vernahm er die volle, warme Stimme von Serge Nicolas, die wegen seines leichten Akzents geradezu wollüstig wirkte:

»Aber mein Lieber! Sie wissen doch, daß da nicht die geringste Gefahr besteht. Bauche ist ein aufgeblasener Dummkopf, und mit solchen Leuten kann man machen, was man will. Lassen Sie das meine Sorge sein!«

Bauche hatte sich nicht gezeigt, auch nicht gewagt, noch länger zu bleiben, und war auf Zehenspitzen fortgeschlichen.

Das war alles. Er hatte sich verboten, an die Äußerung von Serge Nicolas zu denken. Sie stak wie ein Dorn tief in seinem Fleisch, aber er hatte seine ganze Willenskraft darauf verwandt, den ominösen Satz zu vergessen.

Er hatte nichts an seinem Verhalten geändert, weder gegenüber Nicolas noch gegenüber Ozil, der übrigens kaum mit ihm verkehrte. Auch Fernande hatte nichts geahnt. Kümmerte sie es denn überhaupt, was in ihm vorging?

Drei Monate lang hatte er seine Rolle als Geschäftsführer weitergespielt, war elegant, wie aus dem Ei gepellt aufgetreten, hatte in den besten Restaurants zu Mittag und zu Abend gegessen, wöchentlich drei oder vier Abende, oft in Begleitung von Filmstars, in Nachtlokalen verbracht.

Serge Nicolas redete ihn immer im selben Ton an, sagte mit unnachahmlicher Betonung ›*Cher ami*‹ zu ihm.

Er selbst nannte ihn Serge.

Warum hatte nur der Inspektor in Orléans am Vorabend einer bestimmten Frage so große Bedeutung beigemessen, die ihm selber, da er doch sein Verbrechen gestanden hatte, nebensächlich erschien? In dem Stadium des Verhörs, das Bauche am meisten geängstigt hatte und in dem jedes Wort auf die Goldwaage gelegt wurde, hatte sich alles um die eine Frage gedreht:

»Wann?«

Wann hatte er beschlossen, Nicolas zu töten? Was hatte er geantwortet? Vor Wochen? Nein. Vor Monaten, das hatte er gesagt. Hatte man ihn gefragt, wieviele Monate es waren?

Aber in der Folge hatte er aus dem Telefongespräch, das der Inspektor mit Paris führte, entnommen, daß diese Fragen vom Kommissar diktiert worden waren.

Das war doch einfach nicht möglich! Es mußte sich zufällig so ergeben haben.

Er hatte Serge am Vorabend um sechs Uhr getötet, und es wäre doch einfach unerhört, daß sie bereits mehr wußten als er.

Da kam ihm eine mögliche Erklärung in den Sinn, aber sie schien ihm doch an den Haaren herbeigezogen.

Annette, die Sekretärin, hätte nach der Besprechung zwischen Ozil und Nicolas sagen können, ohne der Sache besondere Bedeutung beizumessen:

›Er wollte unbedingt zu Ihnen. Ich versuchte, ihn daran zu hindern.‹

›Wer?‹

›Monsieur Bauche.‹

›Ist er in mein Büro gegangen?‹

›Ja. Vor einer Viertelstunde. Haben Sie ihn denn nicht gesehen?‹

Natürlich hätte Nicolas sich beunruhigt. Er hätte mit Fernande darüber reden können.

›Bist du sicher, daß dein Mann sich in den letzten Tagen nicht irgendwie verändert hat?‹

›Ich habe nichts bemerkt. Warum sollte er?‹

›Wahrscheinlich hat er ein Gespräch mitangehört, das ich mit Monsieur Ozil führte. Ich habe ihn da als einen aufgeblasenen Dummkopf bezeichnet.‹

Er sah sie vor sich, wie sie aus vollem Halse lachte, so daß sich ihr Busen unter der Bluse spannte. Mit welchem Genuß hätte sie seine Äußerung wiederholt!

›Einen aufgeblasenen Dummkopf hast du ihn genannt, Schatz?‹

Aber nein! Er mußte sich zusammenreißen, klar und nüchtern denken, durfte nicht Träumereien nachhängen. So hatte es sich nicht abgespielt. Fernande hatte dem Kommissar etwas anderes gesagt, etwas, das ihn in dessen Augen verächtlich gemacht hatte. Was hatte er doch eben so beiläufig fallenlassen?

Hat er denn niemals angedeutet, daß Sie ihn reichlich teuer zu stehen kommen?

Er wurde weder der verstreichenden Zeit noch der Peinlichkeit seines langen Schweigens gewahr, starrte den Kommissar an, als wäre er betäubt.

»Wenn ein Mensch sich mit einer überaus demütigenden Situation abfindet, weil er einen unmittelbaren Vorteil daraus zieht, kann er nicht erwarten, daß man ihn mit Glacéhandschuhen anfaßt. Wissen Sie, Monsieur Bauche (er betonte das Wort ›Monsieur‹, wie er schon das ›Sie‹ betont hatte, das in seinem Munde alles andere als Respekt ausdrückte), wissen Sie, Monsieur Bauche, daß Ihre Frau seit etwa sechs Wochen nicht mehr die Geliebte von Serge Nicolas war?«

Das hatten sie schlau ausgeheckt, und der Schein sprach für sie, das war Bauche klar. Der Kommissar war guten Glaubens. Alle würden denken wie er.

Mit seinen Bartstoppeln, seinem struppigen Haar, ohne Schlips und mit offenen Schuhen sah er sicher genau wie das Scheusal aus, für das sie ihn hielten.

»Sie haben mir nicht geantwortet.«

»Ich wußte, daß sie etwas miteinander hatten.«

»Wie bitte?«

»Ich drücke mich unklar aus, verzeihen Sie mir bitte. Ich wußte, daß es seit einiger Zeit zwischen ihnen nicht mehr stimmte.«

»Haben sie sich gestritten?«

»Ich glaube nicht. Aber Serge hatte sich verliebt.«

»Also wollte er das Verhältnis mit Ihrer Frau abbrechen?«

Er sagte noch, obwohl er nicht mehr auf Verständnis zählte:

»Es war kein Verhältnis.«

»Sie behaupten, daß er nicht ihr Liebhaber war?«

»Doch, in gewisser Hinsicht war er das schon.«

»In welcher Hinsicht?«

»Er schlief mit ihr.«

»Wußten Sie das?«

»Ja.«

»Und Sie haben nichts unternommen, um das zu unterbinden?«

»Wozu auch? Sie schlief ja mit allen.«

»Lieben Sie Ihre Frau, Monsieur Bauche?«

Ganz langsam hob er den Kopf, denn sie sollten sein Gesicht sehen. Mochte er doch lächerlich wirken, es war ihm gleichgültig. Wenn er sie nur von seiner Aufrichtigkeit überzeugen konnte!

»Ja, Herr Kommissar«, sagte er, jede Silbe betonend.

»Liebten Sie sie noch in dem Augenblick, als Sie Ihren Rivalen töteten?«

»Er war nicht mein Rivale.«

»Ich weiß. Sie waren damit einverstanden, und Sie hatten ja auch Ihren Vorteil davon.«

»Nein, Herr Kommissar. Vor zwei Jahren wurde ich zum Geschäftsführer der C. I. F. ernannt, und zu jener Zeit kannte Serge Nicolas meine Frau noch nicht.«

»Sind Sie sich da ganz sicher?«

»Ganz sicher.«

»Hat sie es Ihnen selbst gesagt?«

»Ich habe sie beim Aperitif in einem großen Café an den Champs-Elysées einander vorgestellt.«

»Wußten Sie, was die Folge davon sein würde?«

»Mir war klar, daß es wohl nicht ausbleiben würde, wie mit den anderen auch. Mit dem Barkeeper, dem Portier, dem Verkehrspolizisten an der Straßenecke hätte es genausogut passieren können. Fernande weiß nicht, was sie tut.«

In diesem Augenblick schöpfte Bauche wieder Hoffnung, denn er las einen leisen Zweifel in den Augen des Kommissars, der zu seinem Schreibtisch ging, einen Aktenordner aufschlug, darin blätterte, bis er einen bestimmten Passus gefunden hatte, den er für sich durchlas.

»Sie sagen, das sei vor zwei Jahren gewesen.«

»Im Dezember werden es genau zwei Jahre. Es war einige Tage vor Weihnachten.«

»Ihre Frau dagegen sagt aus, daß sie zu diesem Zeitpunkt Serge Nicolas schon seit sechs Monaten kannte und ihn mehr oder weniger regelmäßig, zuerst in einem Hotel in der Rue de Berry, dann in seiner Wohnung an der Rue Daru traf.«

Diesmal blieb er ruhig, zu ruhig. Er fragte mit tonloser Stimme:

»Das hat sie gesagt?«

»Ja. Und sie hat ihre Aussage unterschrieben.«

»Hat sie auch behauptet, daß ich davon wußte?«

»Das geht jedenfalls aus ihren Äußerungen hervor. Ich lese Ihnen den diesbezüglichen Passus vor:

›Ich wußte‹ – das ist die Aussage Ihrer Frau – ›daß Albert nie auf einen grünen Zweig kommen würde, und ich hatte es satt, mich ständig mit Geldschwierigkeiten herumzuplagen. Noch dazu machte er mich bei jedem Fehlschlag für alles verantwortlich. Er ist ungeheuer stolz und empfindlich, er meint, das Beste sei gerade gut genug für ihn, ständig hadert er mit seinem Schicksal.‹

FRAGE: ›Wenn ich recht verstehe, haben Sie zu jener Zeit Ihren Mann mit Serge Nicolas zusammengebracht, der schon Ihr Liebhaber war?‹

ANTWORT: ›Er benötigte jemanden wie ihn.‹

FRAGE: ›Was wollen Sie damit sagen?‹

ANTWORT: ›Er brauchte einen Namen, möglichst einen französischen. Aus Gründen, die mich nichts angehen, konnte er unter seinem eigenen Namen keine Geschäftsabschlüsse tätigen.‹

FRAGE: ›Wegen wiederholtem Konkurs und Ausstellung von ungedeckten Schecks. Fahren Sie fort!‹

ANTWORT: ›Das ist alles. Mein Mann bekam, was er wollte, und hat uns immer in Ruhe gelassen.‹«

Der Kommissar hob den Kopf und sah Bauche mit seltsamem Gesichtsausdruck an.

»Können Sie die Aussage Ihrer Frau widerlegen?«

»Ich wußte nicht, daß sie ihn schon vorher kannte.«

»Unter welchen Umständen haben Sie seine Bekanntschaft gemacht?«

War es nicht besser, die Partie sofort aufzugeben, bei der er ja ohnehin verspielt hatte, und die anderen einfach reden zu lassen? Alles konnte gegen ihn ausgelegt werden, selbst jene erste Begegnung. Er hatte einen Artikel mit allgemeinen Betrachtungen über die Filmkunst geschrieben, auf den er recht stolz war und den er in einer großen Wochenzeitschrift unterzubringen vermochte. Sie lebten damals noch in einem möblierten Zimmer an der Rue Bergère, das kein Telefon hatte.

Eines Tages, als er bei der Zeitung vorsprach, um sein Zeilenhonorar einzukassieren, händigte man ihm einen Zettel aus, auf den jemand eine Telefonnummer der Champs-Elysées und den Namen Nicolas gekritzelt hatte.

»Es scheint wichtig zu sein. Er hat schon dreimal telefoniert, um nachzufragen, ob man seinen Anruf ausgerichtet hat.«

Er hatte die Nummer gewählt, und Serge Nicolas hatte ihn in eine Bar an der Rue Presbourg bestellt. Wenn er das jetzt dem Kommissar erzählte, würde dieser ihn sicher fragen:

›Woran haben Sie einander denn erkannt?‹

Serge Nicolas, ein Mann von bestechend ungezwungener Liebenswürdigkeit, war auf ihn zugetreten und hatte seinen Artikel über den grünen Klee gelobt.

»Ich habe mich eingehend nach Ihnen erkundigt. Wissen Sie, *cher ami*, daß die Leute große Stücke auf Sie halten?« Er hatte eine besondere Art, Adjektive und Adverbien zu betonen, ihnen gleichsam ein neues Gewicht zu verleihen. »Fast ausnahmslos hat man mir bestätigt, daß Sie nicht die Ihnen gebührende Position einnehmen, weil Sie Ihr Licht unter den Scheffel stellen und es Ihnen somit an der Gelegenheit fehlt, zu zeigen, was alles in Ihnen steckt.«

Dann war er aufgestanden, hatte sein Glas in Augenhöhe erhoben und gesagt:

»Diese Gelegenheit gebe ich Ihnen.«

Wieviele Gläser Whisky hatten sie an jenem Abend geleert? Die Essenszeit war verstrichen, ohne daß sie daran gedacht hätten, etwas zu sich zu nehmen. Bauche war triumphierend, mit geschwellter Brust, vor Freude beinahe weinend in die Rue Bergère zurückgekehrt, wo er niemanden vorfand. Fernande kam erst eine Stunde nach ihm heim. Sie mußte, das wurde ihm jetzt klar, den Ausgang des Gesprächs in einer Bar nebenan oder bei ihm zu Hause abgewartet haben.

Dennoch hatte sie im natürlichsten Ton von der Welt zu ihm gesagt:

»Du mußt ihn mir mal vorstellen. Schade, daß er Russe ist. Russen traue ich nicht über den Weg.«

»Sie sind ja recht schweigsam!« bemerkte der Kommissar. »Ich wollte diese Punkte schon jetzt klären, um Ihnen die Mühe und die Peinlichkeit zu ersparen, auf ein Verbrechen aus Leidenschaft zu plädieren, wie Sie vermutlich beabsichtigt haben.«

»Daran habe ich nie gedacht.«

»Wenn das so ist, ist es mir rätselhaft, wie Sie sich verteidigen wollen.«

Er fühlte sich so sehr am Boden zerstört, daß er das Bedürfnis hatte, etwas zu sagen, um in seinen eigenen Augen nicht mehr gar so jämmerlich dazustehen, selbst auf die Gefahr hin, daß man ihn lächerlich oder abstoßend fand.

»Herr Kommissar, ich habe Serge Nicolas getötet, weil ich ein Ehrenmann bin.«

Er erntete kein Gelächter. Wiederum ließ sich der Kommissar nicht aus der Ruhe bringen, er sah ihn nur ein wenig überrascht und prüfend mit zusammengekniffenen Augen an, zuckte die Achseln, holte seinen Überzieher und seinen Hut.

»Darauf kommen wir später zurück. Jetzt wird es Zeit zu gehen. Man erwartet uns schon.«

Immerhin hatte man ihm eine Tasse fast heißen Kaffee und ein Brötchen ohne Butter gebracht, doch niemand kümmerte sich um seine Toilette. Sie sahen doch, in welchem Zustand er war. Sicherlich ließ man ihn absichtlich so verwahrlost herumlaufen, damit er wirklich wie ein Mörder aussah, vielleicht auch, damit ihm die Reaktionen der Menge Angst einjagten.

Er saß auf dem Rücksitz zwischen dem Kommissar und einem anderen Polizisten in Zivil. Man hatte ihm wieder die Handschellen angelegt, die man ihm zu Beginn des Verhörs abgenommen hatte. Die Fahrt ging über die Champs-Elysées. Gleichzeitig blickten der Kommissar und er zum großen Gebäude hinüber, wo sich die Geschäftsstelle der C. I. F. befand.

Kurz darauf bogen sie in die Rue Daru ein. Vor der Haustür hatten sich an die fünfzig Menschen versammelt. Dort standen auch mehrere Autos. Fotografen stürzten mit ihren Blitzlichtern an den Wagenschlag.

Seine Augen schmerzten. Man ließ sie arbeiten. Er sah nur dunkle Mäntel und Gesichter. Wieder waren seine Hände und Füße vor Kälte erstarrt, er hörte drohende oder zornige Stimmen, Fäuste reckten sich ihm entgegen, Frauen versuchten die Absperrkette von Verkehrspolizisten zu durchbrechen.

Als sie über die Schwelle traten, traf ihn ein Stein am Ohr. Er griff mit der Hand an den Hals, was ihm laute Beschimpfungen eintrug, vielleicht weil seine Bewegung falsch interpretiert wurde.

Auf dem Weg zum zweiten Stock, über dieselbe Treppe, die er am Vorabend hinauf- und hinuntergestiegen war, erkannte er die Stelle wieder, wo er sich an die Wand gedrückt hatte, um das junge Mädchen vorbeizulassen. Er erinnerte sich auch, daß er seine Hand an den Hutrand geführt hatte, denn er war stets höflich.

War sie heute morgen unter der Menschenmenge? Entsann sie sich seiner?

Vor ihm, hinter ihm, auf dem Treppenabsatz, in der Diele, bewegten sich viele Menschen. Die Wohnung wirkte im grauen Licht des Morgens längst nicht so luxuriös, viel bescheidener, als sie ihm bei künstlicher Beleuchtung erschienen war. Bauche bemerkte Fingerspuren auf einer Tapete und am Saum des Vorhangs, den die Sonne ausgebleicht hatte.

Fast alle rauchten. In verschiedenen Grüppchen wurde eifrig diskutiert, doch sobald sein Eintreffen bekannt wurde, wandten sich alle um. In jedem Gesicht malte sich unverhohlene Neugier, doch am meisten beeindruckte ihn das plötzliche Schweigen, das sein Erscheinen ausgelöst hatte.

Einem Fotografen gelang es, mit seinem Blitzlicht eben dieses Schweigen festzuhalten, so ausdrucksvoll war die erstarrte Haltung aller dieser Menschen.

Am Tatort befanden sich der ermittelnde Staatsanwalt, sein Sekretär, zwei oder drei weitere Beamte der Staatsanwaltschaft, der Gerichtsarzt, die Spezialisten vom Erkennungsdienst sowie Polizisten, unter ihnen der Kommissar von der nächsten Polizeiwache. Journalisten waren sicher auch anwesend, da man einen Fotografen eingelassen hatte. Wegen der kalten Jahreszeit trugen sie fast alle dunkle, warme Überzieher. Fast keiner hatte seinen Hut abgenommen, manche hielten sogar noch ihren Regenschirm in der Hand.

Man hatte sich im Wohnzimmer versammelt, im Studio, wie Serge zu sagen pflegte, in einem Raum, der zahllose Bücher und Fotos enthielt, vor allem von Frauen und Künstlern. Was als erstes ins Auge sprang, war ein riesengroßer Diwan, der mit einem Leopardenfell bedeckt war.

Die Küche rechterhand wurde nie benutzt, außer zum Mixen von Cocktails, denn Serge aß immer auswärts und braute sich seinen Morgenkaffee in einer elektrischen Kaffeemaschine, die neben seinem Bett stand.

Hinter der nur angelehnten Schlafzimmertür waren die Spezialisten vom Erkennungsdienst am Werk.

Ob sich die Leiche noch an Ort und Stelle befand? Er vermochte es nicht festzustellen. Wenn man sie nicht weggebracht hatte, so hätte Bauche zumindest die nackten Füße sehen müssen, denn nach dem Schuß hatte Serge noch das Bett verlassen können, genauer gesagt, er hatte sich auf der Bettkante aufgesetzt und war dann zu Boden gestürzt.

Der Kommissar war zum Untersuchungsrichter und zum ermittelnden Staatsanwalt getreten, die am Fenster standen. Ihr Gespräch drehte sich um ihn, denn sie blickten öfters kurz zu ihm herüber. Inzwischen gingen die anderen wieder ihren Beschäftigungen nach oder standen wartend herum. Die Leute auf der Straße behielten den Hauseingang im Auge, versuchten sich im kalten Sprühregen aufzuwärmen, indem sie die Füße gegeneinander schlugen.

Von den dreien, die sich über ihn unterhielten, musterte ihn der Untersuchungsrichter mit besonderer

Aufmerksamkeit, als wollte er sich ein genaues Bild von ihm machen, bevor er sich seiner bemächtigte. Er war in den Fünfzigern, rothaarig, trug einen Schnurrbart und war einfach, aber korrekt gekleidet. Man sah ihm an, daß er ein ordnungsliebender Mann war, der alles sehr genau nahm.

Von Zeit zu Zeit stellte er dem Kommissar eine Frage, und man spürte, daß er auch der geringsten Einzelheit Beachtung schenkte und gründliche Arbeit leistete.

»Nun, wenn Sie wollen«, schien der Kommissar zu sagen und damit das Gespräch zu beenden.

Er trat zum Häftling, den ein Inspektor nie aus den Augen gelassen hatte.

»Kommen Sie bitte her, Monsieur Bauche!«

Die Leute vom Erkennungsdienst wurden aufgefordert, das Schlafzimmer zu verlassen, und nur zu viert schritten sie jetzt hinüber zum Tatort: der ermittelnde Staatsanwalt, der Untersuchungsrichter, der Kommissar und der Mörder.

Als sie an die Tür gelangten, kamen sie ins Stocken.

»Treten Sie als erster ein, Monsieur Bauche.«

Er tat, wie man ihn geheißen hatte, machte zwei, drei Schritte, um den anderen Platz zu machen, blickte zu Boden, an die Stelle, wo die Leiche gelegen hatte, deren Umrisse man mit Kreide nachgezeichnet hatte.

Er war nicht beeindruckt. Er fühlte sich eher niedergeschlagen, vor allem müde.

Er wandte sich zu den anderen, als wollte er sie fragen, was sie denn jetzt noch von ihm verlangten, und er begegnete den Augen des Untersuchungsrichters, die starr auf ihn gerichtet waren, vermeinte, Enttäuschung darin zu lesen.

Wie schade! Er tat es doch nicht absichtlich. Er spürte, daß man von ihm eine Reaktion erwartete, aber er war einfach unfähig, ihnen Theater vorzuspielen.

Mit seinen Blicken versuchte er dem Richter, von dessen gutem Willen er überzeugt war, zu sagen:

›Ich bitte vielmals um Verzeihung!‹

Aber der verstand ihn wohl nicht.

4

Man ließ ihm Zeit, im Raum umherzublicken und beobachtete ihn weiterhin schweigend, mit wachsender Aufmerksamkeit, als könne es nicht ausbleiben, daß etwas Entscheidendes geschah, als rücke der Moment immer näher. Beinahe nur um es ihnen recht zu machen, machte er eine Art von Bestandsaufnahme, betrachtete lange den Kreideumriß am Boden, dann den Schürhaken, der nur wenige Zentimeter davon entfernt lag, und schließlich die Bronzestatuette neben der Tür, die eine nackte Frau mit aufgelöstem Haar darstellte.

Was mochte man nur von ihm erwarten? Er warf einen Blick auf das Bett, das man nicht angerührt zu haben schien. Die Kopfkissen waren noch übereinandergestapelt, deutlich zeichnete sich die Kuhle ab, die der Rücken von Serge Nicolas hinterlassen hatte, der ja bei seinem Eintreffen im Bett gelesen hatte. Als er sich aufgerichtet hatte und dann zu Boden gestürzt war, hatte er einen Lakenzipfel mitgerissen und auch ein Stück von der gelben Satindecke, die jetzt auf der Erde lag. Sie hatte einen großen braunen, fast noch klebrigen Fleck, ringsherum sah man Blutspritzer und blutige Fingerabdrücke.

Bei diesem Anblick erbleichte er. Er hatte nie Blut sehen können, nicht einmal Tierblut, und er fühlte sofort Übelkeit in sich aufsteigen. War es das, was sie von ihm erwarteten? Sollte er hier in diesem Zimmer zusammenbrechen?

»Ich möchte gern, daß Sie uns genau der Reihe nach sagen, was hier geschehen ist.«

Wer nun in so einfachen, klaren Worten zu ihm sprach, war der Untersuchungsrichter, und zum ersten Mal seit dem Vorabend hatte Bauche den Eindruck, daß man ihn als einen Menschen anredete.

»Von welchem Zeitpunkt an?«

»Um wieviel Uhr sind Sie hier eingetroffen?«

Unwillkürlich sah er zur Wanduhr hinüber, denn er hatte bei seinem Eintreten am Vortag darauf geblickt. Jetzt zeigte sie natürlich nicht mehr dieselbe Zeit an, aber dennoch weckte sie in ihm sehr deutliche Erinnerungen.

»Es war zehn vor sechs. Etwas darüber. Noch nicht ganz fünf vor sechs.«

»Waren Sie mit ihm verabredet? Haben Sie ihn oft in seiner Wohnung aufgesucht?«

Er hatte bemerkt, daß der Sekretär, der vor einigen Augenblicken eingetreten war, alles mitschrieb.

»Ganz selten. Zum ersten Mal bin ich erst kürzlich hierhergekommen. Serge Nicolas war fast dauernd unterwegs und verstand es, seine Privatsphäre abzuschirmen.«

»Einmal sind Sie aber doch hiergewesen?«

»Vor zwei Monaten.«

»Zusammen mit Ihrer Frau?«

»Mit meiner Frau und einer ganzen Blase. Im ›Maxim's‹ hatten wir den Beginn der Dreharbeiten zu einem neuen Film begossen, und spät in der Nacht schleifte Serge alle auf einen letzten Drink mit in seine Wohnung.«

»Sie kannten sich hier also aus?«

»An jenem Abend habe ich das Schlafzimmer nicht betreten.«

»Sind Sie dann noch einmal hergekommen?«

»Nein, erst gestern wieder. Serge hatte Halsschmerzen. Das kam bei ihm öfter vor. Er kokettierte ein wenig damit.«

Seine Augen schweiften zum überquellenden Aschenbecher auf dem Nachttisch.

»Er rauchte täglich fünfzig bis sechzig Zigaretten, abgesehen von den Zigarren, die er sich nach jeder Mahlzeit ansteckte.«

Er war froh, daß er reden konnte und von den Blutflecken abgelenkt wurde. Er gab sich redliche Mühe, möglichst vollständig und ausführlich zu antworten, als hätte er ein mündliches Examen zu bestehen.

»Gestern morgen hat er im Büro angerufen, um uns mitzuteilen, daß er sich krank fühle und zu Hause bleiben würde. Er hat mir aufgetragen, ihm ein Filmskript zustellen zu lassen, an dem wir gerade arbeiten, und ich habe Annette, die Sekretärin, gegen elf Uhr damit zu ihm geschickt.«

»Und dann?«

»Ich habe ihn um drei Uhr nachmittags angerufen, um mich nach seinem Befinden zu erkundigen, und er hat mich gebeten, ihm, wenn ich nichts Wichtigeres vorhätte, nach Büroschluß die Abendpost zu bringen und ein wenig mit ihm zu plaudern.«

Er suchte etwas mit den Augen, wies auf die von den Falten der Decke fast verdeckten Briefumschläge. Auch das Filmskript lag noch auf dem Bett.

»Wer hat Ihnen die Tür aufgemacht?«

»Niemand. Ich habe einfach den Knauf gedreht. Die Tür war nicht abgeschlossen. Er hatte nur eine Zugehfrau, die morgens kam.«

Der Richter, der sie zweifellos bereits verhört hatte, nickte ihm zu, wie man einen Schüler ermutigt.

»Schlief er, als Sie das Zimmer betraten?«

»Nein. Er saß in seinem Bett.«

»Brannte die Lampe?«

»Ich glaube schon, denn seit einer Stunde war es dunkel.«

Er blickte auf die nun ausgeschaltete Lampe, dann fragend auf den Richter und den Kommissar.

»Wie kommt es dann, daß die Lampe nicht brannte, als wir hier eintrafen?« wandte letzterer ein.

»Weil ich vor dem Weggehen das Licht ausgeknipst habe.«

»Warum eigentlich?«

»Ich weiß nicht. Ich habe das ganz mechanisch getan.«

»War er da schon tot?«

»Ja natürlich.«

Er bemerkte, daß jemand die Fenstervorhänge aufgezogen hatte.

»Die Vorhänge waren zugezogen«, bemerkte er.

»Allerdings. Sie hatten sich also vergewissert?«

Das stimmte. Bevor er den Revolver gepackt hatte, hatte er einen Blick auf das Fenster geworfen, um sicherzugehen, daß man ihn vom gegenüberliegenden Haus aus nicht sehen konnte.

»Sie sind also eingetreten und haben Ihren Mantel ausgezogen?«

»Nicht sofort. Ich war ja mit meinem Wagen hergefahren und nicht durchnäßt. Zuerst habe ich Serge die Post hinübergereicht, und während er einen ersten Blick darauf warf, habe ich meinen Überzieher abgelegt, denn es war sehr heiß.«

»Wollten Sie lange bleiben?«

»Vielleicht eine halbe Stunde. Ich dachte, er würde mir etwas zu trinken anbieten. Das tat er immer. Wenn er einen Freund auf der Straße traf, schleppte er ihn unweigerlich in eine Bar ab.«

»Trank er viel?«

»Ja. Eigentlich von morgens bis abends. Aber ich habe ihn nie betrunken gesehen.«

»Was fiel Ihnen auf, als Sie dieses Zimmer betraten?«

Er hatte den Eindruck, daß man ihm nun eine subtilere Falle stellte als in Orléans und am Quai des Orfèvres. Aber das war doch unmöglich! Das konnten sie doch einfach nicht erraten haben, außer wenn sie schon seine eigene Wohnung durchsucht hatten. Es war ja auch gar nicht sicher, daß sie die Ähnlichkeit bemerkt hatten. Und wäre sie ihnen nicht als reiner Zufall erschienen?

Etwas war ihm wirklich schon an der Türe aufgefallen, aber es war keineswegs der Revolver, wie sie wahrscheinlich annahmen. Serge Nicolas pflegte immer einen Revolver bei sich zu tragen, renommierte gern damit. Über die Waffe auf dem Nachttisch hatte sich Bauche also keineswegs gewundert.

Was ihn aber aus der Fassung gebracht hatte, war Nicolas' Pyjama aus schwarzer Seide, dessen Oberteil wie eine Russenbluse geschnitten war. Vor zwei Monaten hatte ihm Fernande zum Hochzeitstag drei genau gleiche Schlafanzüge geschenkt, die sicher von derselben Firma stammten, denn er hatte solche Pyjamas vorher noch nie gesehen. Er hatte sich um so mehr darüber gewundert, als er so exzentrische Wäschestücke nicht zu tragen pflegte, sondern sich viel darauf zugute hielt, sich korrekt wie ein Engländer zu kleiden.

»Was ganz Exquisites«, hatte sie ihm gesagt. »Die Idee stammt von mir. Ich bin sicher, daß sie dir stehen.«

Erst am vorigen Abend, als er Serge in seinem Bett sitzen sah, war ihm ein Licht aufgegangen, aber das konnte er ihnen nicht sagen, denn sie würden es mißdeuten.

Nicht wegen des Pyjamas hatte er ihn getötet. Auch nicht aus Eifersucht. Nur einen ganz kurzen Augenblick hatte er mit ein wenig Bitterkeit an Fernande gedacht, aber sie hatte nicht im Mittelpunkt seiner Überlegungen gestanden.

Gestern hatte er sich nicht einmal daran erinnert – erst jetzt kam ihm das in den Sinn –, daß Fernande ihm keine Ruhe gelassen hatte, bis er am Abend des Hochzeitstages einen der Pyjamas anzog, und sich leidenschaftlicher als sonst gezeigt hatte.

Nein, diese Entdeckung war nur eine unerhebliche Einzelheit, die sich zu den anderen fügte. Nicolas hatte in seinem Bett nicht krank ausgesehen. Er hatte es sogar fertiggebracht, sich sorgfältig zu rasieren, und er war tadellos manikürt wie immer. Als Annette am Morgen, nachdem sie ihm das Skript gebracht hatte, ins Büro zurückkehrte, hatte er aus ihrer guten Laune ersehen, daß die beiden miteinander geschlafen hatten.

Ob ihn dann Fernande oder eine andere Frau aufgesucht hatte? Nein, nicht doch! Fernande ging sicher nicht mehr zu ihm. Sie hatte ihm nichts erzählt, aber schon seit Wochen war sie fahrig, launisch, hatte ihren Tagesablauf umgestoßen, sich eine neue Frisur zugelegt und sogar ihre Ernährungsweise geändert.

»Ich habe Sie gefragt, was Ihnen beim Betreten des Zimmers aufgefallen ist.«

»Ich weiß. Und Sie meinen, daß es der Revolver ist.«

»Etwa nicht?«

»Vielleicht. Aber nicht sofort.«

»In welchem Moment? Nachdem Sie Ihren Überzieher abgelegt hatten?«

»Ja. Ich hatte mich schon gesetzt.«

»Wohin?«

»In den Lehnsessel.«

Dieser lag jetzt umgestürzt auf dem Teppich. Er entsann sich nicht, ihn umgeworfen zu haben.

»Stellen Sie ihn bitte an seinen ursprünglichen Platz, und setzen Sie sich!«

Er tat, wie man ihn geheißen hatte, obwohl er nun wieder das Bett und somit die Blutflecken vor Augen hatte.

»Und jetzt tun Sie bitte genau dasselbe wie gestern!«

»Er sah die Post durch.«

»Ohne das Wort an Sie zu richten?«

»Er pfiff leise vor sich hin. Das pflegte er oft zu tun.«

»Was machten Sie unterdessen?«

»Nichts. Ich wartete, bis er fertig sein würde und sah ihn an.«

»Hat es lange gedauert?«

»Drei oder vier Minuten.«

»Dann unterhielten Sie sich?«

»Nein, wir unterhielten uns nicht. Mir war heiß. Ich fühlte mich in dem Sessel beengt. Ich sitze nicht gern auf Satin. Ich stand auf und trat zum Bett, um einen Umschlag aufzuheben, der zu Boden gefallen war. Da! Er liegt noch auf dem Nachttisch, wo ich ihn hingelegt habe.«

»Machen Sie weiter!«

»Als ich das Kuvert hinlegte, berührte ich versehentlich den Revolver. Ich nahm ihn und wog ihn in der Hand, wie man das mit einer Feuerwaffe unwillkürlich macht.«

»Hatten Sie da schon beschlossen, Nicolas zu töten?«

»Ich glaube ja.«

»In welchem Augenblick?«

»Ich habe es heute nacht dem Inspektor in Orléans gesagt. Schon einige Wochen zuvor.«

»Vor einigen Monaten, haben Sie gesagt.«

»Kann sein.«

»Aber Sie wußten nicht, daß es an diesem Abend sein würde?«

»Nein. Ich nahm die Waffe in die Hand, richtete

fast gleichzeitig den Lauf auf Serge. Er hob den Kopf und sagte:

›*Vorsicht, mein Lieber! Er ist geladen!*‹«

»Nehmen Sie den Revolver in die Hand. Machen Sie genau dieselbe Bewegung wie gestern!«

Es war ihm peinlich. Vor allem war es lächerlich. Er schämte sich, sich zu diesem Spiel herzugeben, und noch dazu sahen ihm dabei so wichtige Persönlichkeiten mit ernsthafter Miene zu!

»Also gut. Ich befand mich hier. Ich habe aus allernächster Nähe geschossen.«

»Befürchteten Sie denn nicht, daß die Nachbarn den Knall hören würden?«

»Daran habe ich nicht gedacht.«

Der Kommissar flüsterte dem Richter etwas zu, der daraufhin sagte:

»Sie hatten aber bemerkt, daß in der Wohnung nebenan eine Cocktailparty stattfand und daß dort Musik gemacht wurde.«

»Nein. Oder vielmehr, ich erinnere mich jetzt, daß ich, als ich noch im Lehnsessel saß, Musik hörte, die mir auf die Nerven ging. Man spielte einen Schlager, den ich nicht ausstehen kann.«

»Warum?«

»Weil ich ihn eben nicht ausstehen kann.«

»Haben Sie sich nicht gedacht, daß der Lärm der Party nebenan den Schuß übertönen würde?«

»Nein.«

Der Kommissar gab durch ein Zeichen zu verstehen, daß ihm diese Antwort genüge, und der Richter fuhr fort:

»Sie haben also geschossen. Was dann?«

»Statt zusammenzusacken, wie ich es erwartete, wie ich immer meinte, daß sich so etwas abspielen würde, hat er sich aufgerichtet, und ich sah seine nackten Beine unter den Decken hervorkommen.«

»Pardon. Sie sagten: seine nackten Beine?«

»Er trug nie Schlafanzughosen.«

»Woher wissen Sie das?«

»Er hat es uns eines Abends beim Essen erzählt, als wir über verschiedene Schlafgewohnheiten sprachen.«

An jenem Abend hatte Fernande auf eine Weise gelacht, die er leider nur allzu gut an ihr kannte.

»Wegen des vielen Blutes hätte man meinen können, die Kugel habe ihm die untere Gesichtshälfte weggerissen, und doch sah ich, wie er aufzustehen versuchte, als wollte er auf mich zugehen. Ich habe noch einmal abgedrückt, aber nichts geschah. Er schaute mich an. Ich konnte seinen Blick nicht ertragen.«

»Sind Sie denn nicht auf den Gedanken gekommen, einfach wegzulaufen, oder hat Sie die Furcht zurückgehalten, daß er Sie denunzieren würde?«

»Nein. So war es nicht. Ich muß Ihnen das begreiflich machen. Ich konnte ihn doch nicht in diesem Zustand zurücklassen. Als ich mich umblickte, fiel mir der Schürhaken in die Augen.«

»Brannte Feuer im Kamin?«

»Ja.«

Zu beiden Seiten des Aschehäufchens lagen noch alle möglichen Gerätschaften, ein Kupferschäufelchen, eine Feuerzange und ein Staubbesen mit grünem

Roßhaar. Der Schürhaken war mitten im Raum liegengeblieben.

»Nehmen Sie ihn in die Hand!«

Er gehorchte.

»Machen Sie weiter!«

Er tat sein Bestes, um sich genau zu erinnern, wo er am Vorabend gestanden hatte.

»Da war's. Ich habe zugeschlagen.«

»Als er noch auf der Bettkante saß?«

»Ich glaube ja. Jedenfalls beim ersten Schlag.«

»Sie schlugen auf ihn ein, um ihm den Gnadenstoß zu geben?«

»Ja. Seine Augäpfel bewegten sich immer noch. Zweimal dachte ich, daß es zu Ende sei, und beide Male, als ich mich eben zur Tür wenden wollte, bewegte er sich wieder.«

»Und dann sind Sie wieder auf ihn los?«

»Beim letzten Mal habe ich die schwere Bronzestatuette gepackt, auf den Schädel gezielt und mit aller Kraft zugeschlagen. Ich hätte das keine halbe Minute länger ausgehalten. Ich hörte es knacken und wußte, daß nun alles vorüber war.«

Dann wandte er sich ihnen zu, genau wie ein Clown, der eben in der Manege seine Nummer hinter sich gebracht hat. Was blieb denn noch zu sagen? Ach ja! Die Lampe! Sie duldeten keine Lücken.

»Ich schickte mich eben an zu gehen, stand schon an der Tür, da schien es mir ungehörig, ihn im Licht liegenzulassen.«

»Wie haben Sie die Lampe ausgeknipst? War Ihnen die Leiche nicht im Weg?«

Das sprang in die Augen, denn ihre Umrisse waren mit Kreide auf den Boden gezeichnet.

»Ich bin über sie hinweggestiegen. Ich hatte schon meinen Hut aufgesetzt. An meinen Überzieher dachte ich nicht mehr, da ich ja fast immer mit dem Auto unterwegs bin und manchmal sogar überhaupt keinen trage, nicht einmal bei kaltem Wetter.«

Diskret massierte sich der Sekretär sein überanstrengtes Handgelenk. Die anderen schwiegen mit feierlichen Gesichtern. Der Untersuchungsrichter öffnete die Tür und verließ den Raum als erster, gefolgt vom ermittelnden Staatsanwalt. Die beiden vermochten noch einige Worte zu wechseln, bevor der Kommissar zu ihnen trat. Der Gerichtsarzt war schon gegangen, ebenso die Leute vom Erkennungsdienst, so daß die Wohnung beinahe leer wirkte.

»Darf ich meinen Mantel mitnehmen?« fragte Bauche den Polizisten, der sich immer dicht hinter ihm hielt.

Dieser übermittelte sein Ansuchen dem Kommissar, der nur die Achseln zuckte.

»Das soll wohl ›ja‹ bedeuten. Nehmen Sie ihn ruhig mit!«

Bevor er ins Schlafzimmer getreten war, hatte man ihm die Handschellen abgenommen. Jetzt legte man sie ihm wieder an. Er empfand diese Prozedur als eine Kinderei, da er doch nicht die geringste Lust hatte, zu entfliehen oder gar irgend jemanden anzugreifen.

Worüber mochten die drei in der Fensternische nur beraten? Sie redeten mit halblauter Stimme. Der Untersuchungsrichter wirkte wie ein Mann, der von seinem guten Recht überzeugt ist und es in aller Ruhe durchsetzt. Der Kommissar schien höflich seine abweichende Meinung zu verteidigen, ohne sie mit aller Gewalt durchzudrücken, obwohl er gute Lust dazu gehabt hätte.

»Da Sie nun mal darauf bestehen, muß ich wohl nachgeben. Ich lasse ihn gleich zu Ihnen führen.«

Um ihn also handelte es sich. Wenn er richtig verstanden hatte, wollte der Richter seinen Fall sofort in die Hand nehmen, während der Kommissar es vorgezogen hätte, ihn noch eine Zeitlang zu seiner Verfügung zu haben, um dem Richter eine vollständige Akte vorlegen zu können.

»Möchten Sie auch seine Frau sehen?«

»Ich werde sie vorladen.«

»Ich habe sie gebeten, gegen elf Uhr bei der Kriminalpolizei vorzusprechen.«

»Sagen Sie ihr, sie soll in mein Büro kommen.«

Irgendwie schien der Richter die Polizeibeamten nicht besonders zu mögen. Vielleicht aber interessierte ihn sein Fall auch aus persönlichen Gründen. Bauche blieb nichts anderes übrig als abzuwarten. Er brachte seinen Bewacher dazu, ihm ein wenig Wasser zu geben. Er servierte es in einem der Gläser, die er vor zwei Monaten gesehen hatte, als er mit der ganzen Blase hierher gekommen war.

Sie unterhielten sich noch ein paar Minuten in unverbindlichem Plauderton, dann zündete der Richter sich eine Zigarre an, schüttelte seinen Kollegen die Hand und entfernte sich, gefolgt von seinem Sekretär, ohne Bauche noch eines Blickes zu würdigen.

Im Vestibül warteten die Journalisten und Fotografen. Der Kommissar redete kurz mit ihnen, ließ dann die Fotografen ins Wohnzimmer und lieferte ihnen Bauche gute fünf Minuten lang aus.

»Können Sie ihn nicht bitten, die Statue zu schwingen, Kommissar?«

Zum Glück begnügte sich dieser mit einem Achselzucken. Immerhin fotografierte man ihn zusammen mit der nackten Frau, die auf einem runden Tischchen stand. In diesem Moment spürte er Tränen aufsteigen, was niemand bemerkte, denn er schneuzte sich sofort und vermochte sich heimlich das Gesicht abzuwischen.

»Ich glaube, ich habe mir einen Schnupfen geholt«, sagte er, wobei er den Mund zu einem kläglichen Lächeln verzog.

Dieses Lächeln, die Grimasse eines Menschen, der sich für seine Armseligkeit entschuldigt, konnte einer der Fotografen festhalten, der vor Vergnügen über seinen gelungenen Fang gluckste.

»Meine Herren, es ist Zeit zum Aufbruch.«

Es war ein Gedränge, als wäre die Schule aus. Alle redeten laut durcheinander, während sie die Treppe hinabstiegen, wo sich Bauche inmitten der Journalisten befand, so daß ihn die Neugierigen, die ihn an der Haustür erwarteten, erst entdeckten, als er nur noch zwei Schritte vom Wagen entfernt war. Es hatte ganz den Anschein, als würde der Kommissar ihn verschwinden lassen. Bauche hörte nur ein paar Schreie, sah eine Gruppe von Buben, die hinter dem Auto herliefen, wie sie es bei einer Taufe gemacht hätten, um ein paar Münzen zu ergattern.

Während der ganzen Fahrt richtete der Kommissar nicht ein einziges Mal das Wort an ihn. Er schien jedes Interesse an ihm verloren zu haben, und als das Auto im Hof der Kriminalpolizei am Quai des Orfèvres gleich neben dem Gefangenenwagen hielt, stieg er grußlos aus, stürzte die Treppe hinauf und ließ ihn mit seinem Leibwächter allein.

Der führte ihn zwei Stockwerke hinauf, dann durch mehrere Gänge und lieferte ihn bei den Kollegen von der Anthropometrie ab, die sich über eine Stunde lang mit ihm befaßten, während der Polizist geduldig wartete. Bauche mußte sich erst splitternackt ausziehen, wurde dann von einem Arzt in einem Raum untersucht, wo noch zehn andere nackte Männer herumlungerten und über ihre Geschlechtsteile Zoten rissen.

Dann zog er sich wieder an, wurde vermessen, von vorne und im Profil fotografiert, schließlich nahm man ihm die Fingerabdrücke ab.

Keiner interessierte sich für seine Person. Nur ein Angestellter musterte ihn von Kopf bis Fuß und sagte:

»Ist das der Typ, der zweiundzwanzigmal mit dem Schürhaken zugeschlagen hat?«

Da er in diesem Moment noch nackt war, empfand er den forschenden Blick des Mannes auf seiner Haut, die ihm noch nie so bleich erschienen war, als überaus unangenehm.

Als er neben seinem Bewacher einen Korridor des Justizpalastes durchschritten hatte, an dessen Ende Bänke für die Vorgeladenen standen, und wo alle möglichen Leute warteten, erkannte er Fernande, die allein auf einer Bank neben einer Tür saß und ebenfalls wartete. Sie hatte ihn kommen sehen, aber sie hob nicht die Augen, als er näherkam. Sie trug einen beigefarbenen Mantel mit einem Fuchskragen und blickte starr auf ihre Handtasche.

Sie schien übermüdet, und ihre dunklen Augenringe gefielen ihm gar nicht.

Er hatte kaum Zeit, sie anzusehen. Sein Bewacher klopfte an die Tür und schob ihn ins Büro des Untersuchungsrichters.

»Nehmen Sie ihm die Handschellen ab, und lassen Sie uns allein.«

Ganz allein waren sie nicht, denn an einem kleinen Tisch saß der Sekretär, der gerade dabei war, seine Notizen ins reine zu schreiben.

»Setzen Sie sich, Monsieur Bauche. Ich nehme an, Sie fühlen sich müde. Haben Sie heute morgen etwas zu sich genommen?«

»Ich bekam eine Tasse Kaffee und ein Brötchen.«

»Ich werde Ihnen gleich das Mittagessen bringen lassen. Hat man Ihnen Ihre Schnürsenkel und Ihre Krawatte ausgehändigt?«

Er ging zur Tür, öffnete sie einen Spaltbreit und sprach mit dem Polizisten, der draußen wartete und sich gleich darauf entfernte.

»Jetzt möchte ich vor allem wissen, wen Sie sich zu Ihrem Strafverteidiger genommen haben. Es ist Ihnen wohl nicht unbekannt, daß dieser Ihnen bei den Verhören zur Seite stehen darf.«

»Ich habe noch nicht darüber nachgedacht.«

»Jetzt wird es aber höchste Zeit, daß Sie darüber

nachdenken. Ich nehme an, daß Sie sich der Schwere der Anklage, die gegen Sie erhoben wird, bewußt sind. Immerhin geht es um Ihren Kopf, das ist Ihnen doch klar!«

»Das weiß ich.«

Aber er sagte das nur so obenhin, als ob es sich um jemanden anderen handeln würde. Er lauschte auf die Geräusche im Gang, und als er den Schritt des Polizisten erkannte, geriet er in freudige Erregung, weil man ihm gleich seine Schnürsenkel und seine Krawatte zurückgeben würde. Mit umgebundenem Schlips und geschnürten Schuhen, dessen war er sicher, würde er wieder halbwegs wie ein Mensch aussehen.

»Vor Ihrem Eintreffen habe ich mich ein paar Minuten lang mit Ihrer Frau unterhalten. Ich habe sie gebeten zu warten. Wenn Sie es wünschen, kann ich sie hereinrufen, aber ich mache Sie darauf aufmerksam, daß Sie nur in meinem Beisein mit ihr reden können.«

»Was hat sie gesagt?«

Der Richter zögerte, sichtlich in Verlegenheit.

»Dachten Sie etwa, daß sie auf Ihrer Seite stehen würde?«

»Ich weiß nicht. Als ich an ihr vorbeiging, hat sie mich nicht angesehen.«

»Es wäre wohl auch zu viel verlangt, daß sie Ihre Tat gutheißen soll.«

»Ja. Natürlich.«

»Sie ist sehr erschüttert. Einen Teil der Nacht mußte sie die Fragen der Polizeibeamten beantworten, dann wurde in ihrer Gegenwart die Wohnung durchsucht.«

»Hat sie nicht versucht, Dummheiten zu machen?«

»Was wollen Sie damit sagen?«

»Hat sie keinen Selbstmordversuch gemacht? Es ist schon zweimal vorgekommen.«

»Aus schwerwiegenden Gründen?«

»Nein. Für nichts und wieder nichts. Jedenfalls bestand kein Anlaß dazu. Vor allem darf sie nicht trinken.«

»Heute morgen hatte ich nicht den Eindruck, eine Frau vor mir zu haben, die getrunken hat.«

»Um so besser. Ja, ich würde sie gerne sehen.«

Er blieb unbeweglich sitzen, wandte sich nicht um, als der Richter zur Tür ging, um sie zu öffnen, nachdem er seinen Sekretär ins Nebenzimmer geschickt hatte. Bauche hörte ihre hohen Absätze über den Fußboden hämmern, das Rascheln ihres Kleides. Er sah, wie der Richter sich wieder an seinen Schreibtisch setzte, die Augen hob, wohl um Fernande ins Gesicht zu blicken, die zu seiner Linken stehengeblieben war.

»Sie können sich setzen, Madame.«

»Wenn es unumgänglich ist.«

Um auf einem der Stühle Platz zu nehmen, mußte sie nahe an ihrem Mann vorbeigehen und in sein Gesichtsfeld treten. Sie hielt sich so weit wie möglich von ihm entfernt, als würde er ihr Abscheu einflößen, und sie vermied es, ihn anzublicken.

»Ich sage Ihnen noch einmal, das ist hier weder ein Verhör noch eine offizielle Gegenüberstellung. Sie können sich also ganz ungeniert miteinander unterhalten.«

»Ich habe ihm nichts zu sagen«, ließ sich Fernande vernehmen. »Er weiß genau, wie ich darüber denke.«

Sie holte ostentativ ihre Puderdose aus der Handtasche, blickte in den kleinen Spiegel, legte neuen Puder auf. Ihre Bewegungen waren fahrig und abgehackt.

»Hör doch, Fernande«, murmelte er nach längerem Schweigen. »Ich verlange ja nicht von dir, mir zu verzeihen oder mir zu helfen. Ich weiß, daß du mich nicht verstehen kannst und die Dinge nicht im richtigen Licht siehst. Niemand kann das verstehen.«

Nun wandte sie ihm ihr Profil zu, starrte auf den Schreibtisch, trommelte mit den Fingern auf den Knien.

»Sieh nur zu, daß du nicht zuviel trinkst und die Ruhe bewahrst. Du weißt schon, was ich meine.«

Sie wandte sich zum Richter, als wollte sie ihn zum Zeugen für das unzumutbare Ausmaß ihrer Geduld anrufen.

»Ist das alles?« fragte sie ihn.

Die Antwort kam von Bauche:

»Das ist alles.«

Sie stand auf, ging zur Tür. Als sie an ihm vorbeikam, vermochte sie sich nicht zu beherrschen und versetzte ihm zwei schallende Ohrfeigen, eine auf jede Wange, und stieß zwischen den Zähnen hervor:

»Dreckskerl!«

Dann wurden ihre Schritte schneller. Sie hielt erst inne, als sie den Flur erreicht hatte. Von dort aus hörte er ihre Stimme:

»Entschuldigen Sie bitte, Herr Richter. Ich konnte einfach nicht anders. Und mit so einem habe ich fünf Jahre zusammengelebt!«

»Vergessen Sie nicht, daß ich Sie um vier Uhr hier erwarte.«

»Keine Sorge. Ich werde dasein.«

Die Tür fiel hinter ihr ins Schloß. Der Richter nahm seinen Platz wieder ein, nachdem er seinem Sekretär gesagt hatte, er könne hereinkommen. Langsam steckte er sich seine Zigarre an.

»Nun, Sie haben's ja selbst gesehen«, fing er schließlich an. »Jetzt wird Ihnen wohl allmählich klar, warum ich Ihnen geraten habe, sich genau zu überlegen, welchen Strafverteidiger Sie wählen. Zweifellos haben Sie einen Anwalt in Ihrem Bekanntenkreis.«

Das war richtig. Er war mit drei oder vier Rechtsanwälten befreundet, aber sie alle hatten ein Techtelmechtel mit Fernande gehabt.

Was vermochte ein Anwalt schon zu tun, wozu er nicht auch fähig wäre?

»Wenn Sie es wünschen, kann ich Ihnen die Liste der Anwälte zeigen, die der Kammer angehören. Sollte es eine Geldfrage sein, so müssen Sie wissen, daß Sie wie jedermann Anrecht auf kostenlosen Rechtsbeistand haben. Ich möchte, daß Ihr Strafverteidiger bereits heute nachmittag beim offiziellen Verhör anwesend ist.«

»Vielleicht Maître Houard?...« sagte er mit fester Stimme.

Er wollte seine Worte schon zurücknehmen, dachte, es sei zu spät, das Ganze beleidigend für Houard. Er war ein Mann in mittlerem Alter, der seinen Vater gekannt hatte, denn er verbrachte seine Ferien fast immer in Grau-du-Roi. Er wirkte überhaupt nicht wie ein Mitglied der Anwaltskammer, vielmehr war er ein wohlgenährter, leutseliger Herr, der ihn sicherlich noch als jungen Spund ansah.

Eben deshalb und auch in Erinnerung an seinen Vater bereute er es, seinen Namen genannt zu haben.

»Soll ich versuchen, ihn noch vor heute nachmittag zu erreichen?«

»Vielen Dank.«

»Er wird sicher eine psychiatrische Untersuchung verlangen. Ich möchte ohnehin selbst eine beantragen, und sehr wahrscheinlich werden Sie sich ihr morgen früh zu unterziehen haben.«

Ja, natürlich. Er würde alles tun, was man von ihm verlangte. Warum war er nur auf Houard zu sprechen gekommen? Allein schon bei Nennung seines Namens umwehte ihn ein warmer Lufthauch aus Grau-du-Roi. Da mußte er plötzlich an seine Mutter denken – zum ersten Mal seit dem gestrigen Abend. Sicher wußte sie inzwischen alles, vielleicht saß sie sogar schon im Zug. Da waren auch seine Schwester und sein Schwager, den er nicht leiden konnte. Dann sah er den kleinen, sonnenüberglänzten Hafen vor sich, und genau in dem Augenblick, wo er unbedingt an etwas anderes hätte denken sollen, tauchte das Bild von Anaïs vor ihm auf, auch sie im Sonnenlicht, mit sonnenheißer Haut, Anaïs mit geschürztem Rock und hochgestellten Knien irgendwo am Ende des Strandes oder im trockenen Gras der Böschung auf dem Boden liegend.

Diese Vorstellung war, genau wie der Satz, den Nicolas zu Monsieur Ozil gesagt hatte, für ihn tabu, und er versuchte, sie aus seinem Bewußtsein zu verdrängen.

»Ich bin sehr müde, Herr Richter.«

»In den nächsten Tagen wird es mir kaum möglich sein, Ihnen Ruhe zu gönnen, aber Sie können jetzt gleich ein wenig verschnaufen. Ich lasse Ihnen in wenigen Minuten das Mittagessen bringen.«

Er wußte nicht, daß er den Polizisten, der ein wenig tapsig wirkte, wie ein dicker braver Hund, nun zum letzten Male sah. Inzwischen hielt er, wenn er den Ort wechselte, von sich aus die Hände hin, damit man ihm die Handschellen anlegen konnte. Es war ihm bereits zur Routine geworden.

Die Korridore waren beinahe menschenleer. Er sah nur einen noch recht jungen Mann ohne Krawatte und Schnürsenkel, den zwei Polizisten flankierten. Auch er trug Handschellen, und ein erloschener Zigarettenstummel hing ihm im Mundwinkel. Ohne ihn zu kennen, einfach weil er ein Häftling war wie er selber, rief er Bauche an:

»Grüß dich, Kamerad!«

Und kichernd fügte er hinzu:

»Die kriegen wir schon unter!«

Kaum hatte Bauche die Mahlzeit verzehrt, die man ihm gebracht hatte, ließ er sich auf die Holzpritsche mit der durchgelegenen Matratze fallen und verbarg sein Gesicht in den Armen. Man hatte ihn in eine Zelle im Parterre gesperrt, die auf einen der Innenhöfe des Justizpalastes hinausging. Man fühlte sich hier schon wie im Gefängnis. Das schmale Fenster, das einer Schießscharte glich, war vergittert. Der Polizist war weggegangen, ohne sich zu verabschieden, und nun wurde Bauche von Leuten bewacht, die er nicht kannte und die er auf dem Gang reden hörte.

Das spielt überhaupt keine Rolle, ging es ihm durch den Kopf, als er darauf wartete, in Schlaf zu versinken. Draußen war es grau, grauer noch in der Zelle, doch seitdem er Houards Namen ausgesprochen hatte, sah er sonnenüberflutete Landschaften vor sich, gegen die er mit aller Kraft ankämpfte.

Er versuchte, an Fernande zu denken, aber nicht ihr Bild hatte sich seiner Netzhaut eingeprägt, sondern die Züge von Anaïs, ja er vermeinte, ihren Duft zu atmen.

Ach, diese Leute, die sich Mühe gaben, etwas zu verstehen! Du lieber Gott, warum eigentlich? Es war doch völlig aussichtslos.

Er hatte Serge Nicolas getötet. Er hatte es ihnen gestanden. Alles, was sie wissen wollten, hatte er ihnen erzählt, ohne irgend etwas auszulassen. Er hatte mit dem Schürhaken und der Statue gespielt. Er hatte ihnen die kleine Komödie vorgeführt, die sie von ihm verlangten.

Konnte man ihn jetzt nicht in Ruhe lassen? Er würde bezahlen. Er hatte nie die Absicht gehabt zu mogeln. Als Gegenleistung sollten sie ihn aber jetzt nicht mehr mit ihren Fragen behelligen.

Bevor er ihnen in die Hände gefallen war, hatte er alles gewußt. Er war sich seiner Sache ganz sicher gewesen. Nicht einmal ein Polizist, sondern der Wirt von Ingrannes hatte damit angefangen, ihm den Boden unter den Füßen wegzuziehen, als er ihn ansah, als hätte er von einem Augenblick zum anderen aufgehört, ein menschliches Wesen zu sein.

War er denn wegen des Mordes an Serge nicht mehr ihr Mitmensch?

Das war es doch, was mit ihm geschah, und dieser Eindruck bestätigte sich mehr und mehr. Man brauchte ihnen nur in die Augen zu sehen. Sie hatten zwar nicht alle denselben Blick, aber für keinen, das spürte er, war er noch ein Mensch wie jeder andere.

Das galt sogar für den Richter, den gewissenhaftesten von allen. Er war sicher verheiratet, hatte Kinder, Freunde, und verkehrte mit intelligenten und gebildeten Leuten. Er ging jeden Morgen in sein Büro und verbrachte seine Tage damit, Übeltäter und Verbrecher zu verhören.

Hatte er denn nicht gelernt, daß Verbrecher keiner andersartigen Sorte von Menschen angehören, daß sie wie jedermann die Straße entlanggegangen sind, ihren Milchkaffee getrunken, dazu Croissants verzehrt haben, daß sie eine Frau und Freunde haben, daß sie letzten Endes, wie jeder andere auch, ihr Möglichstes getan haben, um mit ihrem Leben fertigzuwerden?

Eigentlich betrachtete ihn ja der Richter nicht wirklich wie ein Richter – Bauche hatte allerdings noch nie mit einem verkehrt –, sondern vielmehr, das war ihm aufgefallen, eher wie ein Arzt, der sich fragt, was mit seinem Patienten nicht in Ordnung ist.

Es war ihnen zuzuschreiben, daß er nach nur wenigen Stunden, denn seit dem Vorfall waren ja noch nicht einmal ein Tag und eine Nacht vergangen, selber nicht mehr wußte, woran er war, anfing, an sich zu zweifeln, sich als abnormes Wesen zu betrachten und sich Fragen zu stellen, die ihm vorher nie in den Sinn gekommen wären.

Das durfte nicht sein. Es war auch nicht gut, daß er an Anaïs dachte, daß er auf seinem Strohsack, den Hunderte von Leibern wie der seine durchgelegen hatten, sich fragte, warum das Bild von Anaïs andauernd das von Fernande verdrängte.

Haben nicht alle Menschen solche Erinnerungen, die gerade dann wieder aufleben, wenn man am wenigsten darauf gefaßt, vor allem, wenn man erschöpft und fiebrig ist?

Er wollte wegen Anaïs keine Scham empfinden. Er hatte nur ein einziges Mal mit ihr geschlafen, als er kurz vor seinem siebzehnten Geburtstag stand, doch bereits als Zehn- oder Zwölfjähriger hatte er ihr oft zugesehen, wenn sie mit anderen zusammen war.

In Grau-du-Roi war das für die Buben ein angenehmer Zeitvertreib.

»Da, guck mal, Anaïs trifft sich ganz hinten am Strand mit einem Galan.«

Es stimmte fast immer. Wenn da keiner war, las sie sich unterwegs einen auf. War ihr das nicht geglückt, dann legte sich das füllige, gebräunte Mädchen mit hochgeschürztem Rock in die Sonne, das große schwarze Dreieck ihrer Scham weithin sichtbar, und irgendein männliches Wesen kam dann schon vorbei.

Sie mochte siebzehn Jahre zählen, als er zwölf war. Sie war damals bereits ein üppiges Frauenzimmer, das es schon lange mit Männern trieb. Einige seiner älteren Kameraden hatten es bei ihr versucht. Jahrelang hatte er sie begehrt, ohne es zu wagen, sich ihr zu nähern, vor allem seit er eines Abends seinen Vater mit schuldbewußter Miene von einer Stelle am Strand hatte heimkommen sehen, wo Anaïs, wie er wußte, gelegen hatte.

Die Männer brüsteten sich selten mit ihrer Eroberung. Die Sommerfrischler folgten ihr von weitem, gaben sich den Anschein, sie nicht zu beachten, und sie machten lange Umwege, wenn sie bei ihr gewesen waren.

Im Grunde hatte er während seiner ganzen Kindheit nach Anaïs gehungert, nach ihren prallen Schenkeln, ihrem einladenden Bauch, ihren vollen, stets halbgeöffneten Lippen.

Nur einmal war er zu ihr gegangen, als sie hinter einem Boot, das auf einer Sandbank gestrandet war, gelegen hatte.

Fünf Jahre später hatte er Fernande in Paris geheiratet.

Was wollte man denn jetzt noch von ihm? Jemand rüttelte ihn an der Schulter:

»Ihr Anwalt möchte Sie sprechen!«

Wie ein Schlafwandler erhob er sich von seinem Lager, noch ganz in der Erinnerung an Anaïs befangen, da erschien schon Houard an der Tür. Diesmal lächelte er nicht wie sonst. Gewiß hatte Houard auch mit ihr geschlafen, aber er dachte nicht mehr daran, hatte sie vielleicht vergessen. Er bemühte sich, Gelassenheit vorzutäuschen, sagte schließlich, während er seine mit Papieren vollgestopfte Aktentasche auf den Stuhl stellte:

»Na so was, Junge!«

Er spürte, daß er sich im Ton vergriffen hatte, lehnte sich mit bekümmerter Miene an den Tisch, sah Bauche an, der seine Kleider glattstrich, und seufzte mehrmals vernehmlich.

»Wenn mir mal einer gesagt hätte, daß ich dich eines Tages in einer solchen Situation vorfinden würde...«

Wiederum hatte er nicht den richtigen Ton getroffen. Er ärgerte sich über sich selbst. Zu guter Letzt hob er seine übermäßig kurzen Arme zum Himmel und rief:

»Verdammt noch mal, was ist nur in dich gefahren?!«

5

Sprich leiser, mein Sohn. Bazin gehört zwar nicht zu den Richtern, die sich unlauterer Mittel bedienen, aber es gibt hier alle möglichen Leute.«

Seit einer guten Viertelstunde saßen sie einander gegenüber. Houard hatte auf dem einzigen Stuhl Platz genommen, notierte von Zeit zu Zeit etwas auf den vor ihm ausgebreiteten Papieren, während Bauche auf der Kante des Feldbetts kauerte, die Ellbogen auf die Knie gestützt, das Kinn in den Händen vergraben.

Es war noch recht früh am Nachmittag, doch das Tageslicht war so trüb, daß mitunter die Glühbirne an der Decke anging. Dennoch wurde man den Eindruck nicht los, sich in einem Keller zu befinden. Die Außenwelt schien weit entfernt. Allein die Vorstellung, daß der Anwalt bald dahin zurückkehren, durch die Straßen spazieren und Passanten streifen würde, fand er beinahe komisch.

»Wenn ich recht verstehe, hat er mit dir Kontakt aufgenommen, um dir eine Stelle anzubieten.«

»Das glaubte ich auch. Bis heute morgen jedenfalls. Aber wie mir der Kommissar eröffnet hat, kannte er Fernande bereits.«

Deren Verhalten schien Houard gegen den Strich zu gehen, und jedesmal, wenn die Rede auf sie kam, runzelte er nur die Stirn und wechselte das Thema.

»Mach dir jetzt deswegen keine Sorgen. Sprich weiter! Du hast also zu dieser Zeit gearbeitet. Wovon hast du gelebt? Wie lange wohntest du da schon in Paris? Dein Vater lebte wohl nicht mehr?«

»Nein, er war gestorben. Es ist im Winter passiert. Sie haben es erst in den nächsten Ferien erfahren. Es kam für alle überraschend. Er war wie gewöhnlich mit seinem Boot zum Fischen ausgefahren. Bei seiner Rückkehr schien er verstimmt, und als ihn meine Mutter später zum Essen rief, fand sie ihn zu ihrer Verwunderung im Bett vor. Er hatte sich hingelegt, ohne etwas zu sagen. Er weigerte sich, den Arzt rufen zu lassen. An diesem Tag befand ich mich in Montpellier. Ich bin erst gegen elf Uhr nachts heimgekommen. Doktor Loubet war im Haus. Noch vor Morgengrauen war alles vorüber.«

»Was hatte er denn?«

»Ich weiß es nicht. Die Ärzte sagen den Angehörigen ja nicht immer die Wahrheit. Er soll schon monatelang krank gewesen sein, ohne daß wir etwas davon ahnten, und heimlich versucht haben, sich zu kurieren.«

Wenn man es genau nahm, hatte für Bauche genau zu diesem Zeitpunkt, bei seiner Rückkehr von Montpellier, alles begonnen. Das glaubte er Houard begreiflich machen zu können, denn dieser kannte Land und Leute, verlebte dort seine Ferien in Shorts oder alten Leinenhosen, ging zum Fischen oder saß den lieben langen Tag auf der Terrasse bei Justin, blickte zum Hafen hinüber und trank Pastis, machte jeden Nachmittag eine Siesta von zwei oder drei Stunden, um sich dann zum Boule-Spielen zu begeben.

»Sie wissen ja, wie das Leben bei uns war...«

Von hier aus wirkte alles unwirklich. Jetzt war er schon sieben Jahre in Paris, und seither erschien ihm diese Lebensform völlig außerhalb jeder Realität.

Sie bewohnten ein großes Haus, das sein Großvater Garcin, der Vater seiner Mutter, eigenhändig erbaut hatte, denn er war fünfzig Jahre lang Maurermeister gewesen. Es war ein Haus, wie nur ein Maurer es sich bauen kann. Er hatte es mit Musterbeispielen von allen seinen Kenntnissen ausgestattet. Es war rosarot gestrichen, wies verschiedene Fenstermodelle auf, wo es nur ging, hatte er Keramikplatten und kunstvoll behauene Steine in die Mauern eingelassen, und den Flur zierte ein Mosaik aus allen Marmorarten, die der alte Garcin im Laufe seines Lebens gehortet hatte, so daß ein Bild entstand, wie es manche Briefmarkensammler mit unendlicher Geduld zusammenstellen.

Garcin hatte sein Haus im Laufe von zwanzig Jahren erbaut. Er hatte damit angefangen, als er noch sein Unternehmen in Montpellier leitete und nur sonntags nach Grau kam. Er hatte unablässig daran gearbeitet, und da er ja noch lebte, hatte er damit sicher nicht aufgehört. Ständig standen Baugerüste im Hof, denn an einer Mauer brachte er einen Balkon, an der anderen eine Außentreppe an, oder er baute einen Brunnen.

Er hatte eine dichte weiße Mähne, eine gebräunte Haut, und seine Frau, die ebenso rüstig war wie er, hatte dieselben Haare, denselben Teint, als ob sie im Laufe ihres langen Zusammenlebens einander immer ähnlicher geworden wären.

Die beiden hatten es sicher in der Zeitung gelesen, wie jedermann in Grau-du-Roi.

»Mein Vater war der beste Mensch der Welt...«

»Gewiß, mein Junge, und nirgendwo habe ich eine so gute Bouillabaisse gegessen wie bei ihm.«

Warum nur konnte Bauche es nicht dabei bewenden lassen, als brauche er noch eine Bestätigung?

»Er war doch ein Ehrenmann?«

»Na, zum Donnerwetter noch mal! Zweifelst du etwa daran?«

Nein. Er hatte keinen Zweifel. Nie hatte er daran gezweifelt. Aber in letzter Zeit hatte er sich eine Frage gestellt, die ihm nie in den Sinn gekommen wäre, solange er noch zu Hause lebte.

Als sein Vater aus dem Krieg heimkehrte, war er zweiundvierzig Jahre alt. Man hatte ihm noch nicht den Arm amputiert, doch ein Granatsplitter stak in seiner Schulter und verursachte ihm arge Schmerzen. Die Familie blieb nur noch einige Wochen in Montpellier, wo sie bislang gewohnt hatte. Auch die Stellung in der Drogerie trat sein Vater nicht mehr an, vielmehr übersiedelte er nach Grau in das noch unfertige Haus.

Er war jetzt oft verstimmt, und manchmal redete er tagelang mit niemandem ein Wort. Dann hörte Albert, der erst neun Jahre alt war, die Erwachsenen von einer Amputation sprechen.

Einen Monat darauf kam sein Vater mit dem leer herabbaumelnden Ärmel aus dem Krankenhaus heim, und seither war nie mehr die Rede davon, daß er eine Stellung annehmen würde. Vielleicht konnte er seine Arbeit in der Drogerie wirklich nicht mehr ausführen.

Aber gab es nicht andere Aufgaben, die ein Einarmiger durchaus zu meistern vermochte?

Darüber wurde nie gesprochen. Albert wußte, daß die Familie eine Rente bekam, daß ein einflußreicher Mann sich dafür verwandt hatte, der manchmal seinen Vater besuchte und sich zu einer Unterredung mit ihm einschloß. Dann sah er seinen Vater an der Spitze der Kriegsversehrtenparade marschieren, wo er mit seinem leeren Ärmel eine großartige Figur machte. Er wurde zum Vorsitzenden des Vereins ernannt.

Die Familie war nicht reich, doch es war, als bräuchte man kein Geld zum Leben. Zwei oder drei Jahre später waren die Garcins zu ihnen ins Haus gezogen. Hier führten sie innerhalb ihrer festen Mauern das freie und sorglose Leben der Zigeuner, die man jedes Jahr auf den Straßen nach Saintes-Maries-de-la-Mer antrifft.

Der alte Garcin arbeitete pfeifenrauchend an seinem Haus, und Alberts Vater ging gleich nach dem Aufstehen, noch in Pantoffeln, im Winter mitunter nur mit seinem Mantel über dem Schlafanzug zum Hafen und trank ein Glas Weißwein bei Justin. Dann und wann fuhr er auch in seinem kleinen Boot mit grüner Scheuerleiste zum Fischen, und man konnte ihn von der Mole aus in seinem verankerten Boot unbeweglich unter seinem Sonnenschirm sitzen sehen.

Wenn er nach Hause kam, bereitete fast immer er die Mahlzeit. Er brachte Freunde, oft Fischer, oder auch Durchreisende mit. Im Sommer wurde die Bouillabaisse auf einer Feuerstelle, die Garcin in der Mitte des Hofes gebaut hatte, gekocht.

Die Sonne schien praktisch das ganze Jahr. Kaum einmal mußte man eine Lampe anzünden. Später besuchte Albert das Gymnasium in Nîmes, aber er fuhr morgens mit dem Bus in die Stadt und kam abends zurück, so daß er weiterhin Teil des Hauses war. Bereits Nîmes erschien ihm finster und abweisend.

Nicht ohne Schwierigkeiten hatte er schließlich sein Bakkalaureat bestanden. Er wußte nicht, was er anfangen sollte. Ein Journalist hatte zweimal hintereinander seine Sommerferien in Grau verbracht, vielleicht hatte er deshalb eines Tages seiner Familie eröffnet, ohne selbst so recht daran zu glauben:

»Ich werde für Zeitungen schreiben.«

Am Todestag seines Vaters lief er sich auf der Suche nach einer Anstellung in Montpellier die Schuhsohlen ab. Einen Tag darauf erfuhr er, daß sie kein Geld hatten, so daß die Garcins die Beerdigung bezahlen und ihm einen schwarzen Anzug kaufen mußten. Außer dem Haus besaßen seine Großeltern fast nichts. Die Rente aber, von der jetzt nur noch ein Teil ausgezahlt wurde, reichte kaum für seine Mutter und seine Schwester, die noch unverheiratet war.

Er hätte in Montpellier oder in Nîmes eine Stellung finden können. Die ehemaligen Arbeitgeber seines Vaters hatten ihm eine in der Drogerie angeboten.

Beinahe von einem Tag auf den anderen hatte er beschlossen, sein Glück in Paris zu versuchen.

»Dort unten hatte ich keine Zukunft«, sagte er dem Anwalt.

»Ich möchte genau wissen, was du gemacht hast, denn du kannst sicher sein, daß das alles aufs Tapet kommt. Zu Anfang hast du dich wohl mühselig über Wasser gehalten?«

»Meine Mutter hatte mir ein wenig Geld gegeben. Ich habe Artikel geschrieben und damit alle Zeitungsverlage abgeklappert. Ich hatte mir eine vollständige Liste angelegt.«

»Und sie haben alle abgelehnt?«

»Ja. Man sagte mir, ich solle ein andermal wiederkommen. Ich habe nur einmal am Tag gegessen. Ich suchte die Leute auf, die ich während der Sommermonate in Grau-du-Roi kennengelernt hatte und die ...«

»Ich weiß.«

Er biß sich auf die Lippen. Dieses Detail war ihm entfallen. Er war damals auch zu Maître Houard gegangen und schuldete ihm bestimmt noch kleinere Beträge. Er hatte nicht im Traum daran gedacht, sie ihm zurückzuerstatten.

»Eine Zeitlang arbeitete ich bei einer Firma, die undurchsichtige Geschäfte machte und nach einigen Monaten pleite ging. Wir schickten Tausende von Rundschreiben in alle französischen Städte, die Adressen entnahmen wir den Telefonbüchern. Die Büros befanden sich in einem Hochhaus bei der Porte Saint-Martin, und dort habe ich Fernande kennengelernt.«

»War sie auch dort angestellt?«

»Ja. Wir schrieben Adressen auf Briefumschläge.«

»Wie alt war sie?«

»Etwa so alt wie ich.«

»Stammt sie aus Paris?«

»Nein, aus Reims. Sie war von zu Hause weggelaufen, weil ihre Eltern sie ständig schikanierten.«

»Habt ihr sofort geheiratet?«

»Nein.«

»Habt ihr miteinander geschlafen?«

Er begnügte sich mit einem kurzen ›ja‹. Das war einfacher, weniger zeitraubend, aber doch nur ein kleiner Teil der Wahrheit. Überhaupt vermittelten die Wörter ein falsches Bild von seinem damaligen Leben. Paris mit seinen Abertausenden von sinnlos gestikulierenden, schemenhaften Gestalten, die weiß Gott wohin rannten, war düster und schleimig. Sein Hotel, das sich nicht weit von seinem Arbeitsplatz, in einer Parallelstraße zu den großen Boulevards befand, dünstete intensive Gerüche aus, die einen auf schmutzige Gedanken brachten, und ständig hörte man zweideutige Geräusche.

Während vielen Monaten bestand seine Hauptsorge nicht darin, wie er sein Essen bezahlen sollte, sondern darin, ein paar Franc zu erübrigen, um sich eine der Prostituierten leisten zu können, die auf den Gehsteigen nach Kunden Ausschau hielten. Bisweilen überwältigte ihn der Drang so sehr, daß er weinte. Eines Abends hatte er in seiner Geldnot einer von ihnen die Uhr seines Vaters gegeben, und sie hatte wohl angenommen, daß er sie gestohlen hatte.

Er war allein und steigerte sich voller Verbitterung in den Gedanken hinein, daß man ihm vorsätzlich, böswillig eine Ungerechtigkeit zugefügt hatte. Oft blieb er lange vor den Auslagen stehen, ballte die Fäuste in den Taschen seines Regenmantels, der ihn nicht wärmte. Seine gesamte Habe, sogar seinen Traueranzug hatte er in einem schmierigen Laden an der Rue des Blancs-

Manteaux, ganz in der Nähe der städtischen Kreditanstalt, verhökert. Immer hoffte er auf eine Postanweisung. Bald schrieb er an seine Mutter, bald an seine Großmutter, bat sie inständig, gegenüber den anderen nichts verlauten zu lassen, und erfand für jede eine andere Geschichte.

Fernande und er waren die einzigen Angestellten bei Horwitz, einem Ungarn, der selbst erst seit einigen Jahren in Paris lebte und dessen Französisch kaum zu verstehen war. Die Büroräume befanden sich in einer ehemaligen Privatwohnung und bestanden aus drei Zimmerchen mit niedriger Decke, wo man den ganzen Tag die Lampen brennen lassen mußte, denn sie waren im Hochparterre gelegen. Am Ende des Flurs gelangte man in eine Küche mit einem rostzerfressenen Herd.

Fernande war vor ihm, aber wie er auf ein Zeitungsinserat hin eingestellt worden. Bereits am ersten Tag hatte er gesehen, daß sie sich mit Horwitz, einem kleinen Dickwanst, der schon mit vierzig vollkommen glatzköpfig war und nach Talg roch, in ein Zimmer einschloß. Er fand das widerlich, denn er hielt sie für ein anständiges junges Mädchen. Sie legte kaum Puder auf, benutzte kein Rouge, und ihre Kleider von der Stange paßten ihr mehr schlecht als recht, was sie weiter nicht zu kümmern schien.

Den ganzen Tag über hatte sie ihn aus den Augenwinkeln beobachtet, doch er hatte sie während der ersten Woche kaum beachtet. Er wußte, zu welcher Stunde sie morgens zu Horwitz ins Zimmer ging, und die Zwischentür war so dünn, daß er sehr genau hören konnte, was sich dahinter abspielte. Im übrigen schien sie absichtlich so laut zu sprechen, daß er alles mitbekam. Manchmal schrie sie Worte, die ihn erröten ließen. Wenn sie aus dem Zimmer kam, blickte sie ihn mit glänzenden Augen herausfordernd an. Zuweilen ging sie ganz nah an ihm vorbei und rieb sich an ihm.

Jetzt war nicht der richtige Moment, um an diese Dinge zu denken, und sie gingen auch niemanden etwas an. Was hatte Houard ihn eben gefragt? Ob sie vorher seine Geliebte gewesen sei? Ja, das war sie. Dann, als Horwitz eines Tages spurlos verschwunden war und sie die leeren Büroräume vorgefunden hatten – sogar die Telefonbücher hatte er mitgenommen –, beschlossen sie, zusammenzuziehen, weil es billiger war.

Erst ein Jahr darauf heirateten sie.

»Sehen Sie, Monsieur Houard, es handelt sich nicht um ein Verbrechen aus Leidenschaft. Das würde ich Ihnen so gerne begreiflich machen.«

»Um so schlimmer für dich, mein Junge.«

»Wie schon gesagt, ich habe Serge Nicolas getötet, weil ich keine andere Wahl hatte. Es stimmt schon, daß ich bettelarm war, als ich ihn kennenlernte, aber es fing schon an, aufwärts zu gehen. Fast jede Woche wurden meine Artikel in Zeitungen, vor allem in Filmmagazinen abgedruckt. Irgendwann hätte man mir eine Rubrik zugestanden. Es war schon davon die Rede. Man hatte es mir fest versprochen. Fernande und ich hatten zwar kein Geld, aber wir litten auch keine wirkliche Not mehr.«

»Du mußt mir die Liste der Zeitungen zusammenstellen, bei denen du publiziert hast. Das ist wichtig.«

»Sie sollen sie bekommen. Mein einziger Fehler bestand in meiner Vertrauensseligkeit, die mir um so unbegreiflicher ist, als ich schon mit Horwitz schlechte Erfahrungen gemacht hatte. Am ersten Abend im ›Fouquet's‹ hat Nicolas mir gesagt, meine Arbeit würde darin bestehen, die Filmskripts zu lesen, die man ihm dutzendweise zuschickte, und meine Meinung darüber abzugeben. Es handelte sich also um so etwas wie die künstlerische Leitung, eine Aufgabe, der ich mich durchaus gewachsen fühlte.«

»Und dann?«

»Er hatte die Büroräume an den Champs-Elysées noch nicht gemietet. Er bestellte mich immer in eine Bar, und ich kannte nicht einmal seine Privatadresse. Die Gesellschaft gab es noch gar nicht. Man stand eben im Begriff, die Verträge vorzubereiten.«

»Warum hast du dich nicht von mir beraten lassen, bevor du deine Unterschrift unter die Dokumente gesetzt hast?«

»Weil ich das nicht für notwendig hielt. Er hat mich nicht sofort mit Ozil bekannt gemacht. Er gab mir nur zu verstehen, daß dieser ungeheuer viel Geld hinter sich hatte, er sagte wiederholt, daß die meisten Filme nichts taugten, daß die Produzenten zu lahm seien und die Filmkunst mit ihrer Profitgier noch zugrunderichten würden. Er hatte vor Hitlers Machtübernahme bei der UFA und dann in Wien gearbeitet. Durch ihn lernte ich eine ganze Reihe von Filmstars kennen, mit denen er sich ausgezeichnet stand. Zusammen mit einem Dekorateur haben wir die Büroräume besichtigt, die er mieten wollte.«

»Und in diesem Moment hat er dir erklärt, daß die Firma unter deinem Namen laufen würde?«

»Ja, es war um diese Zeit. Er hat mir auseinandergesetzt, daß ihm als Ausländer nicht daran gelegen sein könnte, die Firma unter seinem Namen eintragen zu lassen, und daß es im Grunde doch nur eine Frage des gegenseitigen Vertrauens sei. Da er ja das Kapital aufbringe, ginge ich kein Risiko ein. Am Tag zuvor hatte er mich bei seinem Schneider eingeführt, und ich höre ihn noch sagen: ›*Mon cher,* in Paris gibt es nur zwei Arten von Menschen, solche, die von den großen Schneidern angezogen werden, und die anderen. Was Ihnen bislang gefehlt hat, ist ein Schneider. Wenn der meine sein Werk getan hat, fühlen Sie sich wie ein anderer Mensch.‹«

»Wer war bei der Unterzeichnung der Verträge anwesend?«

»Sein Anwalt, ebenfalls Ausländer, der nicht der Pariser Kammer angehört und in einem Hotel an der Avenue Friedland wohnte.«

»Und du bist der leitende Geschäftsführer der C.I.F.?«

»Ja.«

»Hast du eine bestimmte Anzahl von Aktien erhalten?«

»Theoretisch ja, doch in einer geheimen Nebenklausel habe ich sie Nicolas überlassen. Dasselbe gilt für mein Gehalt, das auf dem Papier von geradezu astronomischer Höhe ist. Es wurde aber in einem zweiten, einen Tag nach dem ersten signierten Vertrag, der damit für ungültig erklärt wurde, herabgesetzt.«

»Trotz all dem hast du zwei Jahre gebraucht, um herauszufinden, daß du nur ein Strohmann warst?«

»Vielleicht hätte es noch länger gedauert, wenn ich nicht zufällig eine Unterredung zwischen Nicolas und Ozil mitangehört hätte.«

»Wer ist dieser Ozil? Wo wohnt er?«

»Im ›Grand Hôtel‹. Ich habe ihn erst mehrere Wochen nach unserem Einzug in die Büros kennengelernt. Serge hat ihn mir als einen sehr vermögenden und einflußreichen Freund vorgestellt, der in den meisten europäischen Ländern Geschäftsbeteiligungen besitze und auch Drähte nach Amerika habe.«

»Wie alt?«

»Um die vierzig. Er sieht aus wie ein Levantiner. Er ist sehr fett, schwammig, überaus gepflegt, so daß man meinen könnte, er sei wie eine Frau geschminkt. Einen Teil seiner Zeit verbringt er in türkischen Bädern. Alles, was er in den Taschen hat, sein Zigarettenetui, sein Feuerzeug, sein Taschenmesser, sein Schlüsselring und dessen Anhänger sind aus Gold. Ich habe ihn immer mit einem Buddha-Lächeln im Gesicht gesehen, und sein Benehmen ist von erlesener Höflichkeit.

Ich hatte bemerkt, daß er andauernd telefonierte und daß Serge, sobald er in den Champs-Elysées auftauchte, sich mit ihm in sein Büro einschloß. Mir fiel auch auf, daß Serge nie sofort eine Entscheidung traf, sondern sie immer auf den nächsten Tag verschob.

›Schlafen wir eine Nacht darüber, *cher*‹, sagte er dann mit seinem liebenswürdigen Lächeln.«

»Nach deiner Auffassung war also Ozil derjenige, der die wichtigen Entschlüsse faßte?«

»Davon bin ich überzeugt.«

»Was haben sie über dich gesagt?«

»Ozil fragte besorgt, was denn passieren würde, wenn ich ihnen auf die Schliche käme. Nicolas erwiderte, daß gar keine Gefahr bestünde, daß ich irgendetwas herausfinden könnte, da ich zu einfältig sei.«

»Ist das alles?«

»Das ist alles.«

»Und mit dem bißchen soll ich dich verteidigen!«

Houard war sichtlich betreten, sah den jungen Mann kopfschüttelnd an.

»Kannst du mir vielleicht sagen, warum du, wenn sich alles so abgespielt hat, wie du es mir eben erzähltest, nicht Ozil, sondern Nicolas umgebracht hast? Im Grunde hast du ihnen nur eines vorzuwerfen, nämlich daß sie dich ohne dein Wissen benutzt, dich zum Geschäftsführer eines Gaunerbetriebs eingesetzt haben und dir, wenn etwas schiefgegangen wäre, die ganze Verantwortung aufgebürdet hätten.«

So kurz und bündig ausgedrückt, wirkte das Ganze natürlich lächerlich.

»Zuerst müssen wir beweisen, daß überhaupt zwielichtige Geschäfte gemacht wurden.«

»Das ist ganz einfach.«

»Wie denn?«

»Da ist einmal die Geschichte mit dem verbrannten Film, der sehr hoch versichert war. Der Film taugte nichts. Erst später ist mir aufgegangen, warum Nicolas sich weder um die Schauspieler noch um die Regie gekümmert hat. Er hatte einen ungeheuren Reklamewirbel um den Film gemacht, worauf er sich hervorragend verstand, so daß er gleich Verträge mit den Filmverleihen abschließen konnte. Sie wissen doch, wie das funktioniert?«

»So ungefähr. Red nur weiter!«

»Wenn der Film herausgekommen wäre, hätte es eine Katastrophe gegeben, und die C.I.F. hätte gleich den Laden dichtmachen können. Da ist aber während eines Brandes das Negativ verkohlt, und die Ermittlungen der Versicherungsgesellschaft sind immer noch nicht abgeschlossen. Sie hat keine Beweise und kommt zu keinem Ergebnis. Einer ihrer Inspektoren, der sich in Filmangelegenheiten sehr gut auszukennen scheint, ist ein dutzendmal zu mir ins Büro gekommen. Er war sehr höflich, aber überaus beharrlich, und er hat mir eine Menge recht peinlicher Fragen gestellt. Auch er wollte wissen, wie ich zum Geschäftsführer aufgestiegen bin, was ich vorher getan hatte, und einmal hat er sogar beiläufig die Rede auf meine Frau gebracht.«

»Wann war das?«

»Das letztemal kam er vor zehn Tagen. Er wollte noch einmal vorsprechen.«

»Wie äußerte sich Nicolas dazu?«

»Er meinte, das sei alles ganz ohne Belang, der Mann tue eben auch nur seine Pflicht.«

»Ist das alles?«

»Alles was?«

»Hast du denn sonst nichts gegen ihn vorzubringen, abgesehen von der Sache mit deiner Frau? Siehst du, Kleiner, das erklärt immer noch nicht, warum sich dein Zorn nicht gegen Ozil gerichtet hat, denn das mußt du doch zugeben, er war bestimmt der eigentliche Boß.«

»Nicolas hat mein Leben aus der Bahn geworfen.«

»Er hat dich bei seinem Schneider eingeführt, dir Geld gegeben, dich in die besten Restaurants und Nachtlokale eingeladen. Hat er dich damit so sehr gegen sich aufgebracht, daß du ihn kaltblütig umbrachtest, während er hilflos in seinem Bett lag? Denn siehst du, auch das ist von Bedeutung. Laß mich dir die Sache erklären! Ich kenne die Gerichte, und ich weiß, wie die Geschworenen reagieren, was sie beeindruckt. Hättest du ihn beispielsweise bei einer Champagnerorgie in einem Nachtlokal getötet, so wäre das eine ganz andere Sache. Aber so ist es nun mal nicht, du bist in seine Wohnung gegangen. Er erwartete dich, ohne den geringsten Argwohn zu hegen. Du hast zugegeben, daß er dich erwartete, daß er die Tür offengelassen hatte. Du wußtest, daß er krank war.«

»Das hat ihn nicht daran gehindert, mit der Sekretärin zu schlafen!«

»Selbst wenn du das beweisen könntest, was mir reichlich schwierig erscheint, ändert das nichts am Tatbestand. Das war schließlich sein gutes Recht. Du aber hattest weiß Gott kein Recht, ihn in seinem Bett mit seinem eigenen Revolver zu töten!«

»Wenn ich es nicht getan hätte, wäre ich doch ins Gefängnis gekommen und hätte als ein Betrüger und Gauner dagestanden.«

»Auch das bleibt noch zu beweisen. Auch wenn es dir gelingen sollte, wird man dir entgegenhalten, daß es ja Richter gibt, an die du dich hättest wenden können. Versteh mich recht, es ist meine Pflicht, dir klaren Wein einzuschenken. Bislang hast du, jedenfalls entnehme ich das deinen Äußerungen, alle ihre Fragen wie ein Schuljunge beantwortet. Wäre ich früher benachrichtigt worden, so hätte ich verhindert, daß du ihnen all diesen Unsinn erzählst. Du hast Nicolas aus Eifersucht getötet.«

»Das ist nicht wahr!«

»Du warst nicht nur eifersüchtig wegen Fernande, sondern auf seine ganze Person warst du eifersüchtig. Die Art, wie du mir geschildert hast, was zwischen ihm und der Sekretärin vorgefallen ist, beweist es mir zu Genüge. Ist sie denn deine Geliebte?«

»Nein.«

»Hattet ihr nie etwas miteinander?«

»Nein.«

»War sie denn nicht nach deinem Geschmack?«

Er verneinte wiederum, doch senkte er dabei den Kopf. Der Anwalt zog eine große Taschenuhr hervor, seufzte:

»In diesem Augenblick befindet sich deine Frau bei Bazin. Weiß der Himmel, was sie ihm jetzt alles erzählt, wenn sie in derselben Verfassung ist wie heute morgen. Wir werden es nur bröckchenweise erfahren, und zwar ausschließlich dann, wenn der Richter sich ihrer Aussage gegen uns bedient. Was hast du Fernande bloß angetan, daß sie dich so abgrundtief haßt? Liebt sie Nicolas denn noch immer?«

»Vielleicht. Auf ihre Art.«

»Und dich? Liebte sie dich denn nicht?«

»Sie brauchte mich.«

»Warum eigentlich? Um sich Madame Bauche zu nennen? Wegen deines Geldes?«

»Natürlich nicht. Sie brauchte mich aber trotzdem. Sehen Sie, Monsieur Houard, sie ist sehr unglücklich.«

»Ich habe vor allem den Eindruck, daß sie dich ins Unglück gestürzt hat.«

»Sie kann nichts dafür. Ich bin ihr nicht böse.«

»Letzten Endes war in deinen Augen Nicolas, er allein, an allem schuld.«

Manchmal erweckte der Anwalt den Eindruck, daß er nur mit größter Mühe an sich hielt. Sein Zorn richtete sich nicht gegen eine erwachsene, vernunftbegabte Person, vielmehr sah er sich gleichsam einem bockigen Kind gegenüber, das einen trotz bester Vorsätze zur Weißglut bringt.

»Ich muß sie sehen und selbst mit ihr sprechen.«

»Dabei kommt nichts heraus.«

»Zumindest kommt dabei heraus, daß ich mir ein Bild davon mache, worauf sie scharf ist.«

Die Ironie seiner Ausdrucksweise war ihm nicht bewußt.

»Du hast doch schließlich fünf Jahre mit ihr zusammengelebt.«

»Ja.«

»Davon wart ihr vier Jahre lang verheiratet.«

»Ja.«

»Wieviele Männer wie diesen Nicolas gab es während dieser Zeit in eurem Leben?«

Bauche überhörte die beleidigende Anspielung, die in dem Wörtchen »eurem« lag.

»Ich habe sie nicht gezählt.«

»Und du hast dir das gefallen lassen?«

»Ich tat, was ich konnte.«

»Warum hast eigentlich nicht die Scheidung eingereicht? Bist du katholisch?«

»Nein. Ich hätte ohne sie nicht leben können.«

»Und jetzt? Du mußt wohl oder übel ohne sie auskommen!«

Sogleich bereute Houard seine Unbeherrschtheit, die ihn zu so einem grausamen Satz verleitet hatte, denn in Bauches Augen malte sich das helle Entsetzen. Er hätte geschworen, daß Bauche das noch nicht bedacht hatte, daß er nur die kahlen Wände um sich herum und das eiserne Schiebefenster in der Tür sah.

»... Ohne sie auskommen«, sprach er ihm nach.

»Sei doch kein Trottel. Versuch, dich wie ein Mann zu benehmen. Es wird gleich Zeit.«

Aber Bauche hörte ihm nicht mehr zu, er vernahm nur noch die rhythmische Aufeinanderfolge der Silben, die keinen Sinn ergaben. Nach längerem Schweigen murmelte er:

»Vielleicht läßt man uns rufen.«

»Wohin denn?«

»Nach oben. Zum Richter. Sie haben gesagt, daß sie bei ihm ist.«

»Wenn man uns holt, ist sie höchstwahrscheinlich schon gegangen. Und dann mußt du, ob du willst oder nicht, die Frage beantworten, die auch ich dir gestellt habe.«

»Welche Frage?«

»Warum du Serge Nicolas getötet hast.«

»Ich habe es Ihnen doch gesagt.«

»In diesem Fall kannst du dich schon jetzt als zum Tode verurteilt betrachten. Hör mal zu, mein Sohn!

Jetzt gehöre ich seit dreißig Jahren der Anwaltskammer an. Ich bin kein Staranwalt. Ich habe nicht in aufsehenerregenden Prozessen plädiert, und mein Foto erscheint nicht gerade oft in der Presse. Immerhin habe ich doch eine ganze Reihe von dummen Jungen verteidigt, die Mist gebaut haben. Der Unterschied ist nur, daß ich ihren Vater nicht kannte und mir daher die Sache nie so zu Herzen genommen habe. Du hast eine Mutter, du hast Großeltern, du hast eine Schwester. Ich will dich ja nicht rührselig stimmen, aber vor allem hast du dich selbst. Wie alt bist du eigentlich?«

»Siebenundzwanzig.«

»Nun gut! Lassen wir mal alles beiseite, was du den Herren bislang erzählt hast, einverstanden? Wenn man so viel durchgemacht hat, wie du seit dem gestrigen Abend, muß man ja nicht unbedingt alle Tassen im Schrank haben. Ihnen das begreiflich zu machen, soll meine Sorge sein. Aus irgendwelchen unerfindlichen Gründen hast du deine Frau aus der Sache heraushalten wollen. Du liebst sie, na gut! Auch diese weinerlichen Töne höre ich nicht zum erstenmal. Vielleicht stehst du wie ein Trottel da, wenn du zugibst, ihn aus Eifersucht getötet zu haben, und ich frage mich nur, ob du nicht davor zurückschreckst.«

Bauche schüttelte verneinend den Kopf.

»Es ist mir völlig egal, wie ich dastehe, sollen die anderen denken, was sie wollen«, murmelte er lahm.

»Wenn das so ist, dann spiel doch einfach den Trottel! Laß mich nur deinen Kopf retten!«

»Ich werde die Wahrheit sagen.«

»Welche Wahrheit? Dein Gefasel von vorhin? Deine

Geschichte von einem Ehrenmann, der plötzlich herausfindet, daß man ihn zum besten gehalten hat? Zum ersten, ein Ehrenmann redet nicht andauernd von seiner Rechtschaffenheit, und du hast ja ständig den Mund voll davon. Was hat der Kommissar dir gesagt? Daß du einfach völlig aus dem Häuschen warst, weil Nicolas deine Frau abserviert und sich dir gegenüber weniger großzügig gezeigt hat?«

»Das stimmt aber nicht.«

»Dann sag mir mal, mein lieber Junge, und zwar ein für alle Mal, was denn nun die Wahrheit ist! Das Ganze hört sich allmählich wie ein Witz an. Du vergißt nämlich eines: Gestern um diese Zeit existierte ein noch junger Mann, der quicklebendig war, sich wegen ein bißchen Halsschmerzen gemütlich ins Bett gelegt hatte und ein Filmskript las. Warst du es nun, oder warst du es nicht, der ihm eine Kugel in den Kopf gejagt hat und, damit nicht genug, noch ...«

»Hören Sie auf, ich flehe Sie an. Ich dachte, Sie seien gekommen, um mir bei meiner Verteidigung zu helfen.«

Mit einem Male legte sich der Zorn des Anwalts, und er sah Bauche bekümmert an.

»Das versuche ich doch zu tun, du Narr! Es ist nicht meine Schuld, wenn deine Halsstarrigkeit mich in Rage bringt. Ich habe unrecht. Wahrscheinlich haben wir beide unrecht, womöglich haben morgen die Ärzte das letzte Wort.«

»Glauben Sie, daß ich geisteskrank bin?«

»Ich fange an, es zu hoffen. Das wäre das beste Mittel, um dich da herauszuhauen ...«

Er lauschte auf die Schritte des Wärters, erhob sich, packte seine Papiere zusammen.

»Auf geht's! Das gilt uns.«

Dann sagte er noch leise, während sich der Schlüssel im Schloß drehte:

»Antworte um Gotteswillen nicht mehr so wie bisher. Wenn es nicht anders geht, dann halte den Mund, was immer sie auch daraus schließen mögen.«

Bauche schwieg tatsächlich beim nächsten Verhör, oder vielmehr begnügte er sich damit, nur mit ›ja‹ oder ›nein‹ zu antworten, ohne sich um die daraus entstehenden Widersprüche zu kümmern. Dabei hatte er sich Houards Ratschläge nicht sonderlich zu Herzen genommen. Während des Verhörs, das fast zwei Stunden dauerte, weil man ihm seine Antworten auf die in Orléans und am Quai des Orfèvres gestellten Fragen vorlas, blickte er nicht ein einziges Mal zu seinem Anwalt hinüber, doch er wußte, daß dieser mit ihm zufrieden war, und bei dem Gedanken, daß Houard sich auf dem Holzweg befand, mußte er beinahe lächeln.

Bauche hatte die Partie einfach aufgegeben. Jedenfalls in allem, was ihn selbst betraf. Was sich um ihn herum abspielte, interessierte ihn nicht mehr. Er hatte sich seiner Rolle als Hauptdarsteller entledigt. Unbedeutende Kleinigkeiten nahmen seine Aufmerksamkeit gefangen, wie der Kugelschreiber des Sekretärs, dessen Marke er zu erraten suchte, und lange paßte er mit beinahe kindlicher Ungeduld den Moment ab, wo endlich die weiße Asche von der Zigarre des Richters zu Boden fiel.

Es war heiß. Sogar die Lampen strahlten Wärme ab. Man hatte ihm die Handschellen abgenommen, und geradezu wollüstig rieb er dann und wann seine schmerzenden Gelenke. Houard hatte ihm eine Dose Pfefferminzbonbons zugesteckt, die er genüßlich lutschte, als säße er im Kino.

Es lohnte sich nicht, mit ihnen zu reden. Im übrigen waren sie teilweise im Recht, das war ihm vorhin aufgegangen, als sein Anwalt ihn so angeherrscht hatte. Aber schon früher, eigentlich seit dem gestrigen Abend, hatte ihn eine Ahnung davon beschlichen. Nicht sofort nach dem Mord. Noch im Auto war er in einem wahren Rauschzustand gewesen. Er gab sich zwar nicht mehr der Vorstellung hin, daß er eben seine verlorene Ehre gerächt hätte, denn dieser Begriff lag da schon weit hinter ihm, aber er hatte doch seine Tat als hochdramatische Handlung empfunden.

Unbestimmte, noch nebelhafte Zweifel waren ihm zuerst im Wirtshaus von Ingrannes aufgestiegen. In Orléans hatte er sich, wahrscheinlich wegen der vollbusigen Kokotte, seiner Sache längst nicht mehr so sicher gefühlt.

Er mußte alles neu überdenken, das hatte er eben beschlossen, wie man eine Seite aus einem Heft herausreißt. Er würde die Arbeit ganz allein in seiner Zelle leisten. Es war eine langwierige und schwere Aufgabe. Dennoch würde es ihm gelingen, Ordnung in die ganze Geschichte zu bringen und die Wahrheit bloßzulegen, die alle Welt ihm abverlangte, als ob er jemandem Rechenschaft schuldig sei.

Auf dem Kaminsims stand eine schwarze marmorne

Uhr. Zuerst hatte er geglaubt, daß sie nicht ginge, denn solche Uhren funktionierten fast nie (so eine Standuhr befand sich auch im Eßzimmer in Grau-du-Roi, und immer wenn man sie aufzog, blieb sie nach zehn Minuten wieder stehen). Ein wenig später aber hatte er festgestellt, daß der Zeiger um eine Viertelstunde vorgerückt war.

Um halb sechs fühlte er, daß ihm das Blut zu Kopf stieg. Er verspürte beinahe Ungeduld, als fieberte er dem genauen Zeitpunkt entgegen, an dem er einen Tag zuvor Nicolas getötet hatte. Er erinnerte sich an alles – Minute für Minute –, was er getan, an jedes Wort, das er beim Verlassen des Büros zu Annette gesagt hatte. Was Annette betraf, so hatte er gelogen, als er behauptete, sie nie begehrt zu haben. Deshalb hatte er den Kopf gesenkt. Es hatte ihn sehr wohl nach ihr gelüstet, vor allem wenn er wußte, daß Nicolas eben mit ihr geschlafen hatte, wie das am Vortag der Fall gewesen war.

Einmal hatte er es mit Annette versucht. Es war in seinem Büro, wo er ihr Briefe diktierte, ohne recht zu wissen, was er eigentlich sagen wollte. Es war fast so heiß wie an den Sommertagen in Grau-du-Roi. Noch war keine Stunde vergangen, seit sie Nicolas' Arbeitszimmer verlassen hatte, wo sie es sicher miteinander getrieben hatten. Sie hatte sich mit großer Ruhe und eisigem Lächeln seiner Umarmung entzogen.

»Sie wollen mir doch nicht weismachen, Monsieur Bauche, daß Sie so einer sind.«

Das hatte ihm nicht so recht eingeleuchtet. Sie war nämlich nicht im gewöhnlichen Sinne die Geliebte von

Serge Nicolas, und im übrigen hatte sie einen Verlobten, der zwei Stockwerke unter ihnen beim Radio arbeitete und jeden Abend am Ausgang auf sie wartete. Sie fand nichts dabei, daß Nicolas sie zwischendurch auf der Schreibtischkante oder über der Stuhllehne nahm, aber dasselbe mit ihm zu tun, schockierte sie.

»Wenn ich recht verstehe, haben Sie Ihre Tat in keinem Augenblick bereut?«

»Nein, Monsieur.«

Bestimmt versuchte der Anwalt, ihm Zeichen zu machen, aber das war ihm jetzt gleichgültig.

»Und noch zum jetzigen Zeitpunkt hat sich an Ihrer Geisteshaltung nichts geändert?«

Der Richter mochte bemerkt haben, daß Bauche auf die Uhr starrte, jedenfalls wandte auch er den Kopf, sah, daß es Viertel vor sechs war, brachte die Uhrzeit sofort mit den gestrigen Ereignissen in Zusammenhang.

»Ich glaube nicht, Herr Richter.«

»Mit anderen Worten, wenn gestern nichts vorgefallen wäre, würden Sie dann heute, in diesem Augenblick, Ihr Büro verlassen, um sich in die Rue Daru zu begeben, und wenn sich dieselbe Gelegenheit böte, würden Sie wirklich genau dasselbe tun?«

»Ich weiß nicht.«

»Wieso sind Sie sich denn Ihrer Sache nicht mehr so sicher?«

Sicher? Nur den Klang des Wortes hatte er wahrgenommen. Er brauchte einige Sekunden, um seine Bedeutung zu verstehen.

»Das weiß ich auch nicht.«

»Hat Sie nicht etwa die Haltung Ihrer Frau beeindruckt?«

»Nein, Monsieur.«

Der Richter und der Anwalt wechselten Blicke, Houard begann wieder Hoffnung zu schöpfen.

»Ist Ihnen ihr Verhalten nicht nahegegangen?«

»Ich war darauf gefaßt.«

Doch auf die Ohrfeigen war er nicht gefaßt gewesen. Aber er hatte auch nicht erwartet, daß Fernande ihm in die Arme fallen würde. Das käme später. Dann würde sie ihn von neuem hassen. So war das immer mit ihr. Das ließ sich nicht ändern. Erklärungen erübrigten sich.

»Wo waren Sie gestern um diese Zeit?«

Die Uhr zeigte etwas über zehn vor sechs an.

»Wenn sie richtig geht, bin ich die Treppe in der Rue Daru hinaufgestiegen.«

»Möchten Sie nicht wieder der freie Mann sein, der Sie zu diesem Zeitpunkt noch waren?«

Er dachte nach. Man erwartete eine Antwort von ihm. Wie ein Schullehrer, der befürchtet, daß sein Schüler vor dem Departementinspizienten eine schlechte Figur macht, hüstelte Houard. Bauche bemerkte es, aber er mißachtete die Warnung.

»Mir ist es lieber, daß es vorbei ist.«

Er vernahm einen Seufzer. Dann erhob sich der Anwalt und flüsterte dem Richter etwas ins Ohr. Dieser hörte ihm aufmerksam zu, beobachtete dabei Bauche, nickte mit dem Kopf, als wollte er sagen:

›Vielleicht haben Sie recht.‹

Dann füllte er ein Formblatt aus, das er seinem Sekretär hinüberreichte.

»Das ist morgen früh in der Spezialabteilung der Krankenstation für Inhaftierte abzugeben«, sagte er und ging zum Wandschrank, wo seine Kleider hingen. »Lassen Sie das Protokoll unterschreiben.«

Bauche hatte den Eindruck, daß er eine Tür zugeschlagen hatte, und er war froh darüber. Er konnte es kaum erwarten, endlich allein zu sein.

6

Ein Blick – und er wußte, daß bei diesem Mann alles ganz anders sein würde als bisher. Es mochten etwa zehn Personen im Raum sein, als er eintrat, und unter ihnen hatte er ihn sogleich als die eigentliche Respektperson erkannt, obwohl noch zwei oder drei Männer seines Alters anwesend waren.

Er wirkte eher unscheinbar. Ein wenig ähnelte er dem Inspektor in Orléans, er war ebenso nachlässig gekleidet, ebenso ungepflegt, schien seinem Körper und seinem Aussehen keinerlei Bedeutung beizumessen. Seine Zähne waren gelb, und über der Oberlippe hatte er ein ziemlich unappetitliches braunes Mal, das wohl daher rührte, daß er seine Zigaretten restlos aufrauchte.

Aber Augen hatte er! Er brauchte sie nur Bauche zuzuwenden, und schon wußte dieser, wen er vor sich hatte. Es waren Augen, unerbittlich und sanft, wie sie die Mönche auf mittelalterlichen Gemälden haben. Würden sie Feinde werden? Vielleicht. Würde Bauche versuchen, Widerstand zu leisten oder ihn zu überlisten? Er hatte noch keinen Entschluß gefaßt, aber er wußte, daß nunmehr ein Mensch gewissermaßen von ihm Besitz ergriffen hatte.

Alles andere hing davon ab, ob er sich zur Wehr setzen würde oder nicht, ob er die Wahrheit sagen oder aber falschspielen würde.

Auf jeden Fall hatte nun die eigentliche Partie begonnen.

Schon seit dem Vorabend war er ein richtiger Häftling. Er hatte nicht im Gebäude am Quai des Orfèvres, sondern in der Santé geschlafen, wo man ihm eine Zelle zugewiesen und ihm die Regeln eingeschärft hatte, wie man es mit einem Neuen im Gymnasium zu tun pflegt.

Am Morgen hatte er sein Bett gemacht und seine Zelle gereinigt. Dann hatte man ihn geholt und zusammen mit anderen Inhaftierten, die er nur flüchtig gesehen hatte, in einen Gefangenenwagen verfrachtet.

Nun befand er sich im Justizpalast. Er hätte nie gedacht, daß seine verschiedenen Trakte eine Welt für sich darstellten. Früher hatte er dann und wann aus Neugier einem Strafprozeß beigewohnt, und ein Anwalt hatte ihn dann am Ausschank im Untergeschoß zum Mittagessen eingeladen. Am Vortag hatte er die Räumlichkeiten der Kriminalpolizei, dann die der Anthropometrie und schließlich den Trakt der Untersuchungsrichter kennengelernt.

An diesem Morgen aber brachte man ihn in einen ganz anderen Teil des Gebäudes. Bevor man ihn in den Saal führte, hatte man ihm die Handschellen abgenommen, und der uniformierte Wärter, der ihn begleitete, war respektvoll draußen geblieben.

Der Raum ähnelte ein wenig einem Klassenzimmer. Es gab dort ein Podium, auf dem sich statt des Pultes ein Tisch und zwei Stühle befanden, dahinter waren eine Wandtafel und eine Leinwand angebracht, die man wohl für Diaprojektionen entrollte.

Etwa zehn Männer standen wartend und plaudernd

herum, nahmen dann wie für eine Vorlesung oder einen Vortrag im Saal Platz. Die jüngeren waren bestimmt Studenten. Mindestens zwei der Männer waren so alt wie der Professor, etwa in den Fünfzigern. Sie sahen besonders wichtig drein, so daß es durchaus verzeihlich gewesen wäre, wenn Bauche sich in ihrem Rang getäuscht hätte.

»Setzen Sie sich, Monsieur Bauche.«

Er kannte seinen Namen, Bauche aber wußte seinen nicht, und während der ganzen Sitzung hoffte er, daß jemand ihn aussprechen würde. Leider nannten sie ihn immer nur bei seinem Titel.

»Vor allem möchte ich, daß Sie sich entspannen, daß Sie sich hier wohl fühlen.«

Eines störte ihn: das war die starke Lampe, deren Strahl direkt in sein Gesicht fiel, während der größte Teil des Raumes im Halbschatten lag. Ansonsten fand er es hier eher angenehm. Er genoß das Gefühl der Sicherheit, wußte, daß er nur zu sprechen brauchte, wenn er es wünschte. Vielleicht würde er es sogar tun. Es kam darauf an. Er wollte nichts überstürzen, in aller Ruhe zu einem Entschluß kommen.

»Wissen Sie, aus welchem Grund Sie vor uns sitzen?«

»Ja, Herr Professor«, antwortete er mit klarer Stimme, mit der er zufrieden war.

Er hielt es für einen klugen Schachzug, ihn bei seinem Titel zu nennen, um ihm zu zeigen, wie gut er begriffen hatte, daß sie eine Partie zu zweit spielten.

»Sagen Sie es doch bitte diesen Herren!«

»Ich bin hier, um meinen Geisteszustand überprüfen zu lassen.«

Er hatte einen viel klareren Kopf als beim Richter, beim Kommissar oder beim Inspektor in Orléans.

»Wie denken Sie selbst darüber?«

»Ich bin fest davon überzeugt, daß ich geistig gesund bin.«

»Erzählen Sie uns doch bitte von Ihrem Vater! Lebt er noch?«

»Er ist vor sieben Jahren gestorben.«

»Woran?«

»Der Arzt in Grau-du-Roi hat etwas von Urämie gesagt. Mein Vater war Kriegsversehrter. 1918 ist ihm ein Arm amputiert worden.«

»Hat er sonst noch schwere Krankheiten gehabt?«

»Nein, nie.«

»Ihre Mutter?«

»Sie ist vor drei Jahren wegen Brustkrebs operiert worden, aber sie war nie wirklich leidend. Sie hat noch ihre Eltern, die bei ihr leben.«

»Haben Sie Geschwister?«

»Ja, eine Schwester. Außer Keuchhusten hatte sie meines Wissens keine Krankheit.«

»Hat sie Kinder?«

»Ja, zwei. Sie sind beide gesund.«

Eigentlich wußte Bauche, daß das alles den Professor nicht sonderlich interessierte, daß es nur Routinefragen waren, doch sie gaben beiden die Zeit, einander zu beschnuppern.

»Welche Kinderkrankheiten haben Sie gehabt?«

»Bevor ich in die Schule kam, hatte ich Masern, und um das elfte Lebensjahr bekam ich Mumps.«

»Wie steht's mit dem Militärdienst?«

Er errötete, schüttelte den Kopf.

»Warum wurden Sie ausgemustert?«

»Wegen Herzschwäche. Ich erinnere mich nicht mehr, wie sie das genannt haben.«

»War Ihr Vater da schon tot?«

»Ich wurde kurz nach seinem Tod gemustert.«

»Kannten Sie den Arzt?«

»Ja. Meine Mutter hat ihn aufgesucht.«

»Warum?«

»Um ihn zu bitten, mich auszumustern. Sie hat geltend gemacht, daß ich die einzige Stütze der Familie sei.«

»Waren Sie das denn wirklich? Ich meine, haben Sie Ihrer Mutter Geld gegeben?«

Er zögerte einen Augenblick, sah ein, daß eine Lüge ein armseliges Licht auf ihn werfen würde.

»Nein. Ganz im Gegenteil.«

»Wußten Sie, daß sie diesen Schritt unternehmen würde? Waren Sie damit einverstanden?«

»Damals schon. Ich hatte sie darum gebeten, mit dem Arzt zu reden. Wir waren sicher, daß der Bürgermeister uns den Rücken stärken würde. Er war mit meinem Vater, der ihm zu seiner Wahl verholfen hatte, eng befreundet.«

»Und dann?«

»Erst war ich froh, weil ich auf diese Weise sofort nach Paris konnte. Später habe ich mich darüber gewundert, daß es so leicht ging.«

»Haben Sie sich beunruhigt?«

»Ja. Ich habe mich gefragt, ob ich nicht wirklich an einer Herzkrankheit litt.«

»Haben Sie Ärzte aufgesucht?«

»Nicht gleich. Ich hatte kein Geld.«

»Und später?«

»Etwa vor drei Jahren. Seitdem war ich bei vier Ärzten, die mich gründlich untersucht und mir bestätigt haben, daß mein Herz vollkommen normal ist.«

Der Professor erweckte den Eindruck, unter ein bestimmtes Kapitel einen Schlußstrich zu ziehen, blickte die anderen an, um ihnen Gelegenheit zu geben, noch Fragen zu stellen. Er zündete sich eine neue Zigarette an, nachdem er die Kippe an der Schuhsohle ausgedrückt hatte.

»Erzählen Sie uns von Ihrer Kindheit!«

»Geboren bin ich in Montpellier. Mein Vater war Lagerverwalter bei einem Großhändler in Drogeriewaren.«

»Ist Ihre Schwester jünger als Sie?«

»Ja, zwei Jahre jünger.«

»Was für ein Leben führten Ihre Eltern in Montpellier?«

»Zuerst hatten wir eine Wohnung, aber ich erinnere mich kaum noch daran, denn wir sind gleich nach der Geburt meiner Schwester in ein Häuschen am Stadtrand umgezogen. Ich bin in die Gemeindeschule gegangen. Es war schon Krieg. Auf den Straßen wimmelte es von Soldaten auf Urlaub und Rekonvaleszenten.«

»Hat Ihnen das einen starken Eindruck hinterlassen?«

»Die Soldaten? Nein. Ich glaube nicht. Mein Vater war ja ebenfalls Soldat. Ich lebte mit meiner Mutter und meiner Schwester zusammen, und oft besuchten wir meine Großeltern, hie und da auch den Bruder meiner Mutter, der in einer Fabrik arbeitete.«

»Welches Bild hatten Sie von Ihrem Vater?«

»Dasselbe wie heute noch. Er war ein Ehrenmann. Alle liebten ihn. In Grau-du-Roi war er fast einflußreicher als der Bürgermeister. Wenn Wahlen stattfanden, kamen die Kandidaten erst zu uns, denn mein Vater hatte alle ehemaligen Kriegsteilnehmer hinter sich.«

Vermutlich hatte der Professor die Vernehmungsprotokolle vor Augen, denn dann und wann warf er einen Blick in die Papiere auf dem Pult und, gleichsam um Zeit zu gewinnen, erklärte er den anderen:

»Die Bauches haben kurz nach dem Waffenstillstand das Haus der Großeltern in Grau-du-Roi bezogen. Der Vater wurde in den letzten Kriegstagen verwundet, und da nach einigen Wochen Komplikationen auftraten, mußte man ihm einen Arm amputieren.«

Unaufhörlich zog er an seiner Zigarette, die Bauche mit verblüffender Geschwindigkeit abnehmen sah.

»Wie verlief Ihr Leben in Grau-du-Roi?«

»Ich bin zur Schule gegangen.«

»Waren Sie ein guter Schüler?«

»In Montpellier war ich immer der erste oder der zweite. In Grau bin ich ein mittelmäßiger Schüler geworden. Im Gymnasium gehörte ich zu den letzten, und ich bin einmal durchs Bakkalaureat gefallen.«

Er fand nichts dabei, ihnen all das zu erzählen. Er wußte, unter welchem Gesichtspunkt sie seine Vergangenheit interessierte, er hatte das Gefühl, den Grund für jede Frage zu verstehen, und war zur Mitarbeit entschlossen.

»Können Sie sich diese Verschlechterung erklären?«

»Vielleicht. Mir ist das auch aufgefallen. In Montpellier fand ich es ganz selbstverständlich zu arbeiten, denn alle mußten arbeiten, vor allem arme und rechtschaffene Leute. Meine Mutter predigte uns andauernd, daß wir arm und rechtschaffen waren. Ich sah auch, daß die Leute, die in unserer Straße wohnten, schon am frühen Morgen in ihre Büros gingen.«

»Und in Grau?«

»Die Fischer fuhren natürlich aus, aber das betrachtete ich nicht wirklich als Arbeit, denn um acht Uhr morgens waren sie schon wieder zurück und trieben sich den ganzen Tag auf dem Kai herum, wo sie Netze flickten oder schliefen. Wenn mein Großvater, der inzwischen zu uns gezogen war, das Haus mit immer neuem Zierat schmückte, so tat er das zu seinem reinen Vergnügen und nicht, weil es notwendig war. Das Ganze hatte eher etwas Lächerliches.«

»Und Ihr Vater?«

»Mein Vater war Kriegsversehrter.«

Auch der Professor war der Meinung, daß er trotzdem hätte arbeiten können.

»Hatten Sie Spielkameraden?«

»Alle Kinder in Grau waren meine Freunde, es fehlte mir also nie daran.«

»Wenn ich recht verstehe, war Ihre Familie sehr beliebt?«

»Ja. Im Sommer waren alle Leute, die hier ihre Ferien

verbrachten, irgendwann mal bei uns zu Gast. Mein Vater kochte ihnen eine Bouillabaisse. Trotz seines fehlenden Armes war er der beste Boule-Spieler, und ständig holte man ihn zu einer Partie.«

»Ist Ihnen damals nie der Gedanke gekommen, daß Sie auch ein anderes Leben hätten führen können?«

»Ich hätte nichts an unserer Lebensweise ändern mögen.«

»War Ihre Mutter streng mit Ihnen?«

»Das hätte sie nicht gewagt. Mein Vater hätte das nicht zugelassen. Sie hat mich zwar öfters angeschrien oder mir mal eine gelangt, aber fünf Minuten später tat es ihr schon wieder leid.«

»In welchem Alter begann Ihre Pubertät?«

»Mit zwölf.«

»Haben Sie onaniert?«

»Ja.«

»Oft?«

»Zeitweise. Dann ließ ich es wieder wochenlang sein.«

»In welchem Alter waren Sie zum ersten Mal mit einer Frau zusammen?«

»Mit fünfzehn.«

»Wo ist das gewesen?«

»Ich bin eigens nach Montpellier gefahren, um in ein Bordell zu gehen. In Nîmes wagte ich es nicht, da ich befürchtete, jemand vom Gymnasium würde mich sehen.«

»Vorher hatten Sie noch keine Erfahrung mit Mädchen?«

Er zauderte lange mit der Antwort. Letzte Nacht

hatte er vor dem Einschlafen lange darüber nachgedacht. Merkwürdigerweise störte ihn die Anwesenheit der Studenten und der beiden älteren Männer keineswegs, ganz im Gegenteil. Wäre er mit dem Professor allein gewesen, so hätte er die Situation als überaus peinlich empfunden.

Was riskierte er schon? Er hatte sich doch soweit in der Hand, um nur das zu sagen, was er wirklich wollte und sofort den Mund zu halten, sobald es ihm tunlich schien. Im übrigen war er davon überzeugt, daß der Professor etwas erraten hatte. Sein Vater hatte ihn auch oft auf diese Art angesehen, und das bedeutete immer, daß er Bescheid wußte. Seine Mutter dagegen, die ihn mit Fragen bombardierte und gern etwas Falsches behauptete, um die Wahrheit herauszufinden, konnte er nach Herzenslust beschwindeln.

»Oft habe ich einer Frau beim Liebesakt zugesehen«, sagte er und hob dabei den Kopf, damit alle sehen konnten, wie aufrichtig und gelassen er war.

»War es immer dieselbe Person?«

»Ja.«

»Ihre Mutter?«

»Nein. Sie war die Tochter eines Fischers, eines gebürtigen Italieners, der mit meinem Vater Boule spielte. Eine der Schwestern war während der Saison Zimmermädchen in einem Hotel. Die, von der ich spreche, arbeitete stundenweise als Zugehfrau bei verschiedenen Leuten.«

Man ließ ihn reden, ohne ihn zu unterbrechen, und nun, da er einmal den Anfang gefunden hatte, bemühte er sich wieder um Präzision und Lückenlosigkeit.

»Schon als Kind hatte ich von ihr gehört, denn die Jungen in meiner Schule kannten sie. Ich war zwischen zehn und elf, näher bei elf, denn ich erinnere mich genau, daß ich im letzten Schuljahr war, als ich zum ersten Mal mit den anderen mitlief. Sie hieß Anaïs. Sie schlief mit allen Männern. Man munkelte, daß das bei ihr eine Art von Krankheit war. Sie trug nie einen Schlüpfer, das wußte jeder, und wenn man sie nach dem Grund fragte, antwortete sie:

›Wer weiß, vielleicht springt sonst der Kerl noch ab, bevor ich ihn ausgezogen habe.‹

Hübsch war sie nicht, aber auch nicht häßlich. Unschön an ihr war eigentlich nur ihre breite plattgedrückte Nase, aber sie hatte schwarze, glänzende Augen, und ihr voller Mund lachte andauernd. Sie kannte überhaupt keine Scham.«

Er mochte nun nicht mehr in seinem Redeschwall innehalten. Die einzige Person, mit der er je über Anaïs zu sprechen gewagt hatte, war Fernande, und das war ein Fehler gewesen, denn eines Tages hatte sie ihn angefaucht:

»Du siehst ja, daß dir das immer schon Spaß gemacht hat!«

Er mußte genau auf die richtige Wortwahl achten, um sie nicht irrezuführen.

»Es gab zwei Stellen, die sozusagen Anaïs' Revier waren. Die erste befand sich am Ende des Strandes, in den Dünen, hinter denen schon die Weingärten begannen. Man sah sie das Meer entlang wandern, denn sie trug fast immer einen roten Rock. Sie war immer allein, da die Männer zwar mit ihr schlafen wollten, es aber vorzogen, sich nicht in ihrer Gesellschaft zu zeigen. Die andere Stelle war eine Mulde zwischen zwei Erdwällen gleich neben dem Kanal, nicht weit von einem Haus entfernt. Dort habe ich sie zum erstenmal mit einem achtzehnjährigen Fischer gesehen, dem Bruder eines Spielkameraden von mir.«

»Wußte sie, daß ihr zusaht?«

»Wir hatten uns versteckt. Aber wenn sie in Aktion waren, sprangen wir oft unter großem Geschrei auf. Manche Männer wurden wütend. Andere machten weiter, wieder andere versuchten uns durch Steinwürfe zu vertreiben.«

»Waren Sie von dem Anblick sehr beeindruckt?«

»Nicht sofort. Jedenfalls kam es mir nicht zum Bewußtsein. Wir Jungens lachten, gaben uns Rippenstöße. Aber sobald ich zu Hause war, dachte ich an ihren Bauch und an ihre Schenkel.«

»Nur an ihren Bauch und ihre Schenkel?«

»Ja. Ich glaub schon. Noch jetzt sehe ich sie im Sonnenlicht vor mir, denn immer schien die Sonne. Vierzehnjährige Spielkameraden erzählten mir, daß sie mit ihr geschlafen hatten, aber ich glaubte ihnen nicht. Später erfuhr ich, daß sie die Wahrheit gesagt hatten.«

»Hätten Sie es nicht auch gern bei ihr versucht?«

»Ja, schon. Aber ich traute mich nicht.«

»Warum nicht?«

»Genau weiß ich es nicht. Ich genierte mich. Ich fürchtete, sie würde in Gelächter ausbrechen.«

»Eine Frage: Hatten Sie im Mannesalter immer noch Angst, daß die Frauen Sie auslachen?«

»Ich glaube schon. Oft. Eigentlich immer.«

»Aber Sie wußten doch, daß sich Anaïs nie über die Männer mokierte, die zu ihr kamen.«

Er versank in Nachdenken.

»Mit ein wenig Geduld hätten Sie sicher zu ihr gehen können, ohne von Ihren Kameraden gesehen zu werden.«

»Ich hab's versucht. Doch im letzten Augenblick brachte ich nicht den Mut auf, mich ihr zu zeigen.«

»Hat Ihnen die Tatsache, daß Sie sie beim Liebesakt mit anderen Männern gesehen haben, Widerwillen eingeflößt?«

Er sagte ein wenig überstürzt:

»Ganz im Gegenteil.«

Der Professor zuckte mit keiner Wimper, aber Bauche hatte den Eindruck, daß er sich verraten hatte.

»Wenn ich sie zurückkommen sah«, fuhr er fort, da er nun einmal davon angefangen hatte, »war ich viel erregter, als wenn ich sie fortgehen sah. Mir schien...«

»Was schien Ihnen?«

»Ich kann es Ihnen nicht wirklich erklären. Es ist irgendwie verschwommen. Etwas Geheimnisvolles war dabei.«

»Haben Sie denn nie mit ihr geschlafen?«

»Doch. Einmal, aber das war viel später.«

Beinahe hätte er die Sache mit seinem Vater verschwiegen, aber da der Professor ihn auf dieselbe Art anblickte, wie jener es oft getan hatte, wollte er ihn nicht belügen. Bald würde er es in wichtigen Punkten tun, wenn es sich nicht umgehen ließ, aber doch nicht in solchen Nebensächlichkeiten. Im übrigen war ihm viel an den Reaktionen des Professors, an seiner Diagnose gelegen.

»Ich habe vor allem deshalb so lange damit gewartet, weil ich eines Abends meinen Vater von der Stelle am Kanal zurückkommen sah. Es schien ihm peinlich, mir zu begegnen. Ganz sicher bin ich mir nie gewesen. Aber es scheint mir mehr als wahrscheinlich, daß er sich, vielleicht auch nur dieses eine Mal, mit Anaïs getroffen hat.«

»Haben Sie es Ihrem Vater übelgenommen?«

»Nein. Warum auch?«

»Trotzdem hat es Sie davon abgehalten, sich ihr zu nähern.«

»Ich fürchtete, daß sie etwas sagen würde.«

»Daß sie einen Vergleich anstellen würde?«

»Ich weiß nicht, ich glaub's eigentlich nicht, aber jetzt schien es mir noch schwieriger als vorher.«

»Begehrten Sie sie immer noch?«

»Ja.«

»Haben Sie bei Ihrem ersten Bordellbesuch an sie gedacht?«

»Ja. An ihren Bauch und ihre Schenkel. Seither habe ich immer, wenn ich dorthin ging, eine Frau mit einer Figur wie der ihren gesucht. Aus diesem Grund gefiel mir die Hilfslehrerin.«

»Wie alt waren Sie, als Sie Anaïs liebten?«

»Etwa siebzehn. Es hatte sich eher zufällig so ergeben. Ich hatte nicht wirklich damit gerechnet, sie hinter dem auf dem menschenleeren Strand verrottenden Boot anzutreffen. Die Schiffe auf See waren zu weit entfernt, als daß man uns von dort hätte sehen können.

Ich bin auf sie zugegangen und habe sie einfach genommen, ohne ein Wort zu sagen.«

»In einer Art von Raserei?«

»Woher wissen Sie das?«

»Sie wollten ihr doch wehtun, nicht wahr?«

»O ja! Ich hätte sie am liebsten geschlagen. Ich habe sie ins Ohr gebissen, und das hat sie zum Lachen gebracht. Sie schien verdutzt. Sie lachte nicht ihr lautes, herzhaftes Lachen, das ich an ihr kannte. Auch später, wenn sie mir auf dem Kai oder auf der Straße begegnete, sah sie mich immer ein wenig befremdet an, darum bin ich nicht wieder zu ihr gegangen, vielleicht war es auch, weil ich Angst vor einer Krankheit hatte.«

»Haben Sie sich nie eine geholt?«

»Doch, aber nur einmal.«

Beinahe hätte er nicht weitergesprochen, doch der Blick des Professors entriß ihm das vollständige Geständnis, das er mit ausdrucksloser Stimme von sich gab.

»Bei meiner Frau.«

Keiner der Anwesenden schien sonderlich auf die paar Wörter zu achten, die ihm selbst aber entscheidend vorkamen. Unter den Zuhörern war ein großer hagerer Mensch mit dicken Brillengläsern, der nie von seinem Heft aufsah und fieberhaft alles mitschrieb. Die anderen begnügten sich damit, sich von Zeit zu Zeit kurze Notizen zu machen. Einer der beiden älteren Männer saß mit übereinandergeschlagenen Beinen und verschränkten Armen zurückgelehnt auf seinem Stuhl und betrachtete ihn mit leisem Lächeln, als säße er im Theater.

Abgesehen vom Professor beschäftigte ihn dieser Mensch vielleicht am meisten, denn er selbst hatte ja auch ein wenig den Eindruck, auf der Bühne zu stehen, eine Rolle zu spielen, und mitunter beschlich ihn die Furcht, daß er sie enttäuschte. Er geriet aus dem Konzept, als einer der jungen Leute aufstand und sich grußlos entfernte, so wie man ein langweiliges Schauspiel verläßt. Vermutlich hatte er anderswo eine Verabredung. Immerhin waren da noch an die zehn Zuschauer, und warum sollten sie nicht plötzlich achselzuckend erklären:

›Jetzt reicht's aber!‹

Hatten sie schon Fälle wie den seinen begutachtet? Verfügten sie nicht über Mittel, um den Grad seiner Aufrichtigkeit zu kontrollieren?

Sie sollten keinesfalls denken, er wolle sich um jeden Preis interessant machen. Was ihn betraf, so hätte er jetzt am liebsten einen Schlußstrich unter das Kapitel Anaïs gezogen und wäre auf seine Pariser Jahre zu sprechen gekommen. Er hatte genug von ihr geredet. Sie könnten ja noch glauben, daß er auf diesem Thema herumritt, als hätte es nur sie in seinem Leben gegeben.

»Sagen Sie mir bitte eines, Monsieur Bauche: Als Sie die Lust anwandelte, sie zu schlagen, wie Sie uns eben gesagt haben, hatten Sie sich da ganz in der Gewalt?«

»Ich wurde mir nicht sofort bewußt, daß ich sie biß.«

»Sie hätten ihr also einen größeren Schmerz zufügen können? War es im Grunde nicht nur eine Frage der Abstufung?«

»Ich verstehe nicht recht, was Sie damit meinen.«

»Nehmen wir einmal an, daß sie ihr, statt sie zu

beißen, die Hände um die Kehle gelegt hätten. Hätten Sie dann nicht den Drang verspüren können, sie zu erwürgen?«

»Nein, das ganz bestimmt nicht.«

»Erklären Sie uns doch bitte, warum Sie sich dessen so sicher sind!«

»Weil... Das läßt sich nicht so leicht ausdrücken. Nicht auf diese Art wollte ich ihr wehtun. Ich glaube, ich habe sie nur deshalb ins Ohr gebissen, weil es sich gerade an meinem Mund befand. An ihr Ohr dachte ich gar nicht.«

»Was hätten Sie ihr zum Beispiel antun können?«

»Ich wollte mich an ihrem Fleisch auslassen.«

»Welchen Körperteil hatten Sie da im Sinn?«

»Ihren Bauch.«

»Warum? Um sich zu rächen?«

»Weswegen denn?«

»Wegen der anderen Männer, die Sie beim Liebesakt mit ihr gesehen haben!«

Er antwortete nicht sogleich, weniger aus Widerspenstigkeit, sondern weil die Frage für ihn so überraschend kam, daß er ganz verdutzt war.

»Das glaube ich nicht. Sie trieb es ja mit allen.«

»Wollten Sie es denn nicht auch mit allen Frauen treiben?«

»Doch. Eigentlich schon.«

»Waren Sie nicht neidisch, wenn Sie zum Beispiel einen Mann und eine Frau aus bestimmten Hotels treten sahen?«

»Doch.«

Er lachte verlegen.

»So sind doch alle Männer, oder?«

Warum antwortete ihm keiner? Hatte er unwissentlich einen wichtigen Hinweis gegeben? War er denn nicht normal? Oder aber stand die Sache so, daß er ihnen Platitüden vorsetzte, die sie ermüdeten?

Plötzlich fühlte er sich beunruhigt, rutschte auf seinem Stuhl hin und her, versuchte die Gesichter im Halbdunkel zu ergründen. Immer noch rauchte der Professor Zigarette um Zigarette, trat die winzigen Stummel sorgfältig auf dem Fußboden aus. Um seinen Stuhl lag ein ganzer Kreis von Kippen wie in einem Wartesaal.

»Haben Sie Anaïs geküßt?«

»Auf den Gedanken bin ich nie gekommen«, lautete die schockierte Antwort.

»Fühlten Sie denn keinerlei Zuneigung, keinerlei Zärtlichkeit für sie? Verspürten Sie nicht den Wunsch, sich ihr gegenüber so zu verhalten, wie es zum Beispiel Ihr Vater gegenüber Ihrer Mutter tat?«

»Niemals.«

»Hatten Sie denn auch nicht das Bedürfnis, mit ihr zu reden?«

»Mit ihr zu reden nicht, aber mit ihr zu spielen.«

»Mit ihrem Körper zu spielen?«

»Ja. Und sie lachen zu hören. Ich wollte mit ihr zusammen nackt im Meer baden. Das habe ich mir oft vorgestellt.«

»Im Grunde war sie für Sie wie ein Tier?«

»Ich hab mich nie darum gekümmert, was in ihrem Kopf vorging. Aber wissen Sie, nicht alle meine Gedanken kreisten um sie. Ich sage Ihnen das, weil wir so viel von ihr reden, daß man meinen könnte, nur sie habe in meinem Leben gezählt.«

Der Professor lächelte, ebenso die Studenten.

»Natürlich fanden Sie Zeit zum Essen und zum Trinken«, scherzte der Professor. »Sogar Ihr Bakkalaureat haben Sie geschafft.«

Diese launige Bemerkung löste die Spannung, und diesmal hatte Bauche den Eindruck, daß sie alle *miteinander* lachten.

»Ja. Mir lag daran, Ihnen alles zu sagen, aber ich glaube nicht, daß man dieser Geschichte allzu große Bedeutung beimessen sollte. Mitunter vergingen Monate, in denen ich nicht ein einziges Mal an sie dachte. In Paris hatte ich sie beinahe vergessen. Erst vergangene Nacht habe ich, Gott weiß warum, ihr Bild wieder deutlich vor mir gesehen, vielleicht auch nur deshalb, weil sich im Büro des Inspektors in Orléans eine Frau befand, die eine entfernte Ähnlichkeit mit ihr hatte.«

»Warum hat Sie das gequält?«

»Habe ich gesagt, daß ich mich gequält hätte?«

»Sie haben inzwischen gründlich darüber nachgedacht und versucht, sich Klarheit zu verschaffen.«

»Mir Klarheit verschaffen? Worüber bloß?«

»Über sich selbst.«

»Wenn das so ist, dann hatte ich jedenfalls noch keinen Erfolg!« scherzte nun er. »Wenn ich mich wegen allem ängstigen wollte, was man mir seit vierundzwanzig Stunden erzählt, müßte ich wohl wirklich verrückt werden.«

Der Ton des Gesprächs war ins Verspielte abgeglitten, und der Professor schien zu spüren, daß man jetzt nichts mehr aus ihm herausbekommen konnte, daß er wie ein überreiztes und übermüdetes Kind nur noch aus Großtuerei weiterspielte.

»Sind Sie müde?«

»Es geht, obschon ich die beiden vergangenen Nächte nicht viel geschlafen habe.«

Als der Professor seine Taschenuhr hervorzog, wußten die Studenten, daß er jetzt die Sitzung aufheben würde, zumindest was den Fall Bauche betraf, denn mehrere Hefte wurden zugeklappt.

»Wahrscheinlich sehe ich Sie morgen wieder. Inzwischen wird einer meiner Assistenten Sie durchuntersuchen und Ihnen die notwendigen Proben abnehmen. Wenn Sie sich nicht allzu mitgenommen fühlen, können Sie gleich jetzt mit ihm gehen, denn soviel ich weiß, erwartet Sie der Untersuchungsrichter erst heute nachmittag.«

»Von mir aus gerne!«

Der Mann, der zurückgelehnt auf dem Stuhl saß und den Eindruck erweckte, sich im Theater zu befinden, entpuppte sich als der Assistent. Er war ein recht dicker, rotgesichtiger Mensch mit einem kleinen braunen Schnurrbart und dem Band der Ehrenlegion im Knopfloch seines blauen Anzugs.

Im Vorzimmer warteten drei Häftlinge, richtige Strolche, wie sie die Polizei bei Razzien aufsammelt. Bauche hatte sie schon bei der ärztlichen Untersuchung am Vortag gesehen, als sie splitternackt obszöne Witze gerissen hatten.

Würde man ihnen ähnliche Fragen stellen wie ihm? Sie sahen ihn voller Neugier an, als wollten sie aus seinem Gesichtsausdruck erraten, was sie erwartete, und er blickte möglichst unbekümmert drein.

»Hier lang ...«

Wiederum veränderte sich die Atmosphäre, denn nun betrat er das weiße Reich einer Klinik mit blitzenden Instrumenten und komplizierten Apparaten. Der Assistent zog sein Jackett aus, schlüpfte in einen weißen Kittel und hängte sich ein Stethoskop an die Ohren. Er wirkte wie ein schläfriger, tapsiger Bär, als er nun daran ging, seine täglichen Pflichten zu absolvieren.

»Ziehen Sie sich aus!«

Es dauerte fast eine Stunde. Der Arzt begnügte sich mit knappen Anordnungen:

»Legen Sie sich hin ... Höher ... Stehen Sie auf ... Atmen ... Bewegen Sie sich jetzt nicht ... Heben Sie den rechten Arm ... Ihr linkes Handgelenk, bitte ...«

Die Ergebnisse seiner Untersuchung schrieb er auf, klebte Etiketten auf Reagenzgläser, doch es war Bauche unmöglich, die Bedeutung der Buchstaben und Zahlen zu verstehen.

Dann übergab man ihn wieder seinem Wärter, und er durchschritt den Hof, den er bereits kannte und dessen Anblick ihm wohltat. Die Sonne schien, und er hob den Kopf, um ein Stückchen blauen Himmels zu erhaschen.

Er war auch froh darüber, daß man ihn in dieselbe Zelle einwies wie am Vortag. Er wußte, daß man ihn nicht ins Gefängnis zurückbrachte, weil er am Nachmittag beim Untersuchungsrichter gebraucht wurde. Er fing an, sich an sein Leben hier zu gewöhnen. Er fühlte sich nicht mehr als ein blutiger Neuling.

Die morgendliche Sitzung bereitete ihm kein Kopfzerbrechen, und er hatte den Eindruck, daß er sich im großen und ganzen gut gehalten hatte.

Eben begann er aus seinem Blechnapf zu essen, als der Wärter die Tür öffnete und meldete:

»Ihr Anwalt.«

Houard wirkte besorgt. Er reichte ihm nicht die Hand, erwähnte die ärztliche Begutachtung mit keinem Wort.

»Deine Mutter ist oben.«

»Hat man sie denn schon vorgeladen?«

»Nein. Sie ist gestern abend angekommen und von Pontius zu Pilatus gelaufen. Jetzt sitzt sie im Gang vor dem Büro des Untersuchungsrichters, der sie gleich empfangen wird. Sie drängte darauf, ihn zu sprechen. Ich weiß nicht, ob sie schon heute eine Besuchserlaubnis erhalten wird. Das ist ganz unwahrscheinlich. Freilich könnte Bazin ihr gestatten, daß sie zugegen ist, wenn wir in sein Büro kommen. Es wird ohnehin bald Zeit.«

»Haben Sie mit meiner Mutter gesprochen?«

»Ja.«

»In welcher Verfassung ist sie?«

Alles, was Houard achselzuckend zu erwidern vermochte, war:

»Das kannst du dir doch denken!«

7

Die Stimme seiner Mutter war bereits zu vernehmen, als sie noch vor der Tür standen. Der Anwalt klopfte an, und nun stand er ihr gegenüber und wußte in seiner Verlegenheit nicht, welche Haltung er einnehmen sollte. Sie saß mit verweintem Gesicht am Fenster, dem Richter gegenüber, in der Hand hielt sie noch ein zerknülltes Taschentuch.

Ohne genau die Gründe entwirren zu können, spürte er, daß sie ihm völlig fremd geworden, daß sie es vielleicht immer schon gewesen war. Da sie sich nicht erhob, ihm nicht einmal die Arme entgegenstreckte und ihn mit einer Art von Entsetzen anstarrte – irgendwie schien ihm das Ganze freilich nicht echt – brachte er nur ein dünnes Lächeln zustande und murmelte:

»Ich bitte dich um Verzeihung, Mama.«

Er sagte das, gleichsam um sie zu beruhigen. Auf ihrem Gesicht malte sich fast derselbe Ausdruck, wie er ihn schon beim Wirt von Ingrannes gesehen hatte, und was ihre Lippen stammelten, erriet er mehr, als daß er es hörte:

»Mein Gott! Mein Gott! Was hab ich dir nur getan?«

Er wußte, daß sie einander nichts zu sagen hatten, daß diese Szene nur unnötig peinlich sein würde. Daß sie auch ausgerechnet heute stattfinden mußte, wo er endlich einen gewissen Grad von Gelassenheit erreicht hatte!

»Ihre Mama wollte Sie unbedingt sehen«, sagte der Richter, »und ich wollte sie nicht bis zum Besuchstag warten lassen.«

Sie sah ihn kopfschüttelnd, bekümmert an, als ob er ein Ungeheuer geworden wäre, als ob sein Verbrechen seiner ganzen Person einen Stempel aufgedrückt hätte.

»Wie hast du nur so etwas tun können? Wo du doch anständig erzogen wurdest und nur gute Beispiele vor Augen hattest!«

»Quäl dich nicht, Mama. Alles ist viel einfacher, als du denkst.«

»Hören Sie sich das an, Herr Richter! Hab ich's Ihnen nicht eben gesagt? Er ist sich überhaupt nicht darüber klar, was er angerichtet hat. Sehen Sie, vorher war er ganz anders, das kann ich beschwören. Ein Schwächling war er immer, das schon. Zu gutmütig war er, und man konnte mit ihm machen, was man wollte. Dieses Weib hat ihn so weit gebracht. Hab ich dir's nicht gesagt, Albert, daß das keine Frau für dich ist?«

Er hatte das Gefühl, daß da dem Richter eine widerwärtige Komödie aufgetischt wurde, aber aus einem dunklen Mitleid heraus spielte er mit.

»Ja, Mama.«

»Hab ich nicht bittere Tränen geweint, als du zu mir kamst, um mir zu eröffnen, daß du sie heiraten wolltest? Erinnerst du dich? Du bist eigens deswegen heimgefahren. Mager warst du und fiebrig. Und als ich dir meine Einwilligung verweigerte, hast du erwidert, daß du ja eben volljährig geworden seiest und dich lieber umbringen als dich von ihr trennen würdest.«

»So war's.«

Das Gerede verdüsterte seine Stimmung. Er blickte zur Standuhr hinüber und fragte sich, wie lange das Ganze noch dauern würde. Er hatte seine Mutter nie sonderlich geliebt, aber nun entdeckte er, wie weit er sich innerlich von ihr entfernt hatte. Wäre es auch so gekommen, wenn sein Vater noch lebte?

Er wagte nicht, der Frage allzu genau nachzugehen. Er wollte an dem Glauben festhalten, daß dann sein Leben anders verlaufen wäre, aber im Grunde seines Herzens zweifelte er daran.

Gestände er dem Richter oder dem Anwalt seine wahren Gefühle, so würden sie ihn sicher als einen niederträchtigen Schurken abkanzeln.

»Herr Richter, immer wieder habe ich ihn beschworen, nach Hause zu kommen. Sowohl in Montpellier als auch in Nîmes hat man ihm hervorragende Stellungen angeboten, denn alle liebten und achteten seinen Vater. Von Anfang an, schon seit seinen ersten Briefen aus Paris, in denen er nur um Geld bettelte, wußte ich, daß er auf der schiefen Bahn war, und als er dieses Weib gegen meinen ausdrücklichen Willen geheiratet hat, und zwar in einem hiesigen Standesamt, ohne kirchlichen Segen, beinahe als habe er etwas zu verbergen, habe ich ihm prophezeit, daß das alles ein schlechtes Ende nehmen würde. Hab ich dir das nicht gesagt, Albert?«

»Doch, Mama.«

»Dein armer Großvater und deine arme Großmutter, die in ihrem ganzen Leben nichts Böses getan haben, sind krank vor Kummer. Wie eine Diebin habe ich mich von Grau-du-Roi weggeschlichen. Ich wagte nicht mehr, den Leuten ins Gesicht zu sehen. Françoise, unsere kleine Nachbarin, die ihn immer geliebt und wegen ihm nie geheiratet hat, ist zu mir gekommen, sobald sie seinen Namen am Radio gehört hat, um mir Trost zuzusprechen. Sie hat mir aufgetragen, dir zu sagen, daß sie für dich betet, Albert.«

»Danke.«

»Sie sehen ja selbst, wie er ist, Herr Richter. Er spricht mit mir in einem so kalten Ton, als wäre ich eine Fremde für ihn. Ich sage es noch einmal, seitdem er dieses Weib kennengelernt hat, ist er kein Mensch mehr wie jeder andere.«

»Seien Sie nicht zu streng, Madame Bauche«, ließ sich Houard vernehmen. »Bedenken Sie doch, in welcher Lage er sich befindet.«

Dem Richter schien der ganze Auftritt peinlich.

»Und unsere Lage, Monsieur Houard? Sie kannten ja meinen Mann. Sie waren bei uns. Sie wissen, wie wir leben. Glauben Sie denn, daß wir uns nach dem Vorgefallenen noch auf die Straße wagen? Ich war schon einmal krank. Ich habe mich nie ganz von der Operation erholt, und ich spüre, daß dieser letzte Schlag mein Tod sein wird. Da Sie ja seine Verteidigung übernehmen, möchte ich Sie bitten, mir zu versprechen, die Wahrheit zu sagen, nämlich daß er ein ordentlicher Junge war, solange er bei uns lebte, daß er aber einer Intrigantin, einer Wahnsinnigen in die

Hände gefallen ist, die ihn schließlich angesteckt hat, so daß er nun ebenso verrückt ist wie sie. Sehen Sie ihn doch an! Er hört mir nicht einmal zu. Er wartet nur darauf, daß ich gehe. Ich bin sicher, daß die Ärzte ihn für geisteskrank erklären und sich seiner annehmen werden.«

Der Richter fing Bauches Blick auf, er hatte Mitleid mit ihm und erhob sich.

»Es tut mir leid, Madame, aber ich muß diese Unterredung jetzt beenden. Ich selbst habe Ihrem Sohn noch einige Fragen zu stellen, und es ist schon spät. Ich habe Ihre Hoteladresse notiert. Ich werde Sie in Kürze vorladen. Die Besuchserlaubnis für Sonntag habe ich Ihnen doch ausgehändigt?«

Sie sah nach, ob sie auch in ihrer Handtasche steckte, stand ebenfalls auf.

»Versprechen Sie es mir, Monsieur Houard?«

»Ich verspreche Ihnen, mein Möglichstes zu tun, Madame. Ich möchte Sie nun meinerseits um etwas bitten, wenn der Herr Richter es gestattet. Vermeiden Sie, auf die Fragen der Journalisten zu antworten, die Sie bestimmt belagern werden.«

»Schon heute morgen sind mir welche nachgelaufen.«

»Bleiben Sie möglichst in Ihrem Zimmer. Lassen Sie Ihnen sagen, daß Sie bettlägerig sind.«

Sie wandte sich zum Richter, der das Gesagte zu billigen schien. Ihr Abgang bereitete ihr Schwierigkeiten. Alle hatten sich erhoben. Sie mußte an ihrem Sohn vorbei, der den Kopf senkte. Sie schniefte mehrmals, als wollte sie in Tränen ausbrechen, war erst unschlüssig, ob sie ihren Kopf auf Alberts Schulter legen sollte, tat es schließlich einen kurzen Augenblick lang, ohne ihn zu küssen, und sagte mit zittriger, schluchzender Stimme:

»Ich weiß doch, daß du nichts dafür kannst. Ich weiß es doch!«

Er wiederholte seine Formel:

»Ich bitte dich vielmals um Verzeihung, Mama.«

Trotz allem hätte er sie in diesem Moment gern an sich gedrückt, aus Mitleid und vor allem, weil sie ihn nie verstehen würde. Er blickte ihr nicht nach, als sie hinausging, und mit einem Gefühl der Erleichterung hörte er die Tür hinter ihr ins Schloß fallen.

Der Richter sah ein, daß jetzt eine Schweigepause nötig war, denn er tat, als würde er die maschinengeschriebenen Dokumente auf seinem Schreibtisch lesen, schnitt die Spitze einer Zigarre ab und steckte sie sich an. Am Rand des Tisches lagen druckfrische Zeitungen. Bauche entdeckte in den verkehrten Buchstaben seinen Namen und hätte gern gewußt, was man über ihn sagte.

»Kommen Sie bitte herein, Monsieur Germain.«

Der Richter hatte seinen Sekretär aus dem Nebenzimmer geholt, und nun wandte er sich zum Anwalt:

»Wenn Sie nichts dagegen einzuwenden haben, Maître, möchte ich heute nur ein paar Fragen zu den laufenden Ermittlungen stellen.«

Daß Bauche so ruhig war, keinerlei Nervosität zeigte, sondern sich sehr gelassen gab, machte den Richter sichtlich stutzig.

»Als erstes, Monsieur Bauche, wüßte ich gern, wie

Sie sich eigentlich die Begleichung Ihrer Schulden vorgestellt haben. Ich sehe hier, daß Sie ungeachtet des ansehnlichen Gehalts, das Sie von der C. I. F. bezogen, weit über Ihre Verhältnisse lebten. Lassen Sie mich ausreden! Nach Ihrem Zusammentreffen mit Serge Nicolas haben Sie von einem Tag auf den anderen Ihre Behausung in der Rue Bergère verlassen und sind an den Quai d'Auteuil gezogen. Ihre Wohnung haben Sie auf Kredit von einem teuren Dekorateur einrichten lassen. Nach zwei Jahren haben Sie noch nicht einmal die Hälfte der von Ihnen unterschriebenen Wechsel eingelöst, die stets protestiert wurden. Ich möchte Ihnen auch die Partys ins Gedächtnis rufen, die Sie mindestens einmal monatlich in Ihrer Wohnung feierten und deren Kosten sich auf ein normales Haushaltsbudget beliefen. Zweifellos werden Sie einwenden, daß solche Feste bei einer Stellung wie der Ihren einfach unumgänglich sind.

Sie haben sich auch ein Auto gekauft, das ebenfalls noch nicht ganz abbezahlt ist. Seit Monaten ist der Steuerfahnder hinter Ihnen her. Ich sehe hier auch, daß Sie bei Ihrem Schneider, Ihrem Metzger, Ihrem Weinhändler Schulden haben, ja sogar bei Ihrem Dienstmädchen, das seit einem Jahr keinen vollständigen Lohn, sondern nur sporadisch kleine Vorschüsse erhalten hat. In allen diesen Punkten müssen Sie mir wohl zustimmen, oder?«

»Ja, Herr Richter.«

»Unter Vorbehalt des Inventars natürlich«, fiel der Anwalt ein. »Ich möchte darauf hinweisen, daß mein Mandant in Filmkreisen verkehrte, einem sehr unbürgerlichen Milieu, wo, wenn ich den Presseberichten glauben darf, ein derartiges Geschäftsgebaren durchaus gang und gäbe ist.«

»Darauf kommen wir noch zu sprechen. Des weiteren stelle ich fest, daß Ihr Mandant fast jedes Monatsende die dringlichsten Schulden mit Schecks bezahlt hat, die im Augenblick ihrer Ausstellung ungedeckt waren. Nun traf es sich aber, daß es sich immer um Verrechnungsschecks handelte, so daß sie erst nach drei Tagen ausbezahlt wurden. Das Geld brachte er in der letzten Minute zur Bank.«

»Das ist kein Verbrechen. Wäre es anders, säße ein Fünftel der Pariser hinter Gittern.«

»Ich komme auf meine Frage zurück, auf die ich gerne die Antwort Ihres Mandanten hören würde. Ich frage Sie also, Monsieur Bauche, auf welche Einnahmen Sie zählten, um Ihre Schulden zu begleichen, die statt weniger zu werden, mit jedem Tag anwuchsen?«

»Ich weiß es nicht, Herr Richter. Ich versuchte, nicht daran zu denken. Ich nahm das auch nicht so wichtig.«

Das entsprach durchaus der Wahrheit. Er hatte sich wirklich alle Mühe gegeben, keinen Gedanken daran zu verschwenden, nur im gegenwärtigen Augenblick zu leben.

»Irgendwann wäre aber doch der Tag gekommen, an dem man Sie in die Enge getrieben hätte. Ich habe Briefe an Ihre Lieferanten vor mir, in denen Sie angelegentlich eine hohe Summe erwähnen, die Sie für den folgenden Monat erwarten. Mehrmals spielen Sie auf einen bald zu erhoffenden wichtigen Geschäftsabschluß an, der Sie auf einen Schlag von allen Ihren Verpflichtungen befreien würde. Um welches Geschäft handelt es sich, Monsieur Bauche?«

»Um gar keines. Ich mußte sie einfach auf später vertrösten.«

»Wie hätten Sie sich aber aus der Affäre gezogen, wenn sie sich nicht mehr vertrösten lassen wollten?«

Er verfiel in Schweigen, zögerte eine ganze Weile und antwortete schließlich im Ton eines Mannes, der sich seiner Sache ganz sicher ist:

»Nicolas und Ozil hätten mich nicht fallenlassen.«

»Warum nicht?«

»Weil ich ihr Geschäftsführer war und ihnen so etwas geschadet hätte.«

»War es nicht eher so, daß Sie zuviel wußten?«

»Nein, Herr Richter. Bis vor kurzer Zeit wußte ich überhaupt nichts von ihren undurchsichtigen Geschäften. Ich war davon überzeugt, daß sie anständige Leute waren. Ich war auch davon überzeugt, daß sie mich brauchten.«

»Auf Grund Ihrer Fähigkeiten?«

»Ja. Ich bin ihnen schließlich nicht nachgelaufen. Ich hatte wenig Aussichten, so schnell meinen Weg zu machen, und als Serge Nicolas mich zu einer Zusammenkunft bestellte, hatte ich mich damit abgefunden, daß ich mich noch ein paar Jahre lang würde abrackern müssen. Er hat mich zu seinem Schneider mitgenommen und mein Leben in andere Bahnen gelenkt. Er hat mich in die großen Restaurants eingeführt, die ich nur dem Namen nach kannte, und er hat mir beigebracht, wie man Trinkgelder gibt, mit denen ich früher unsere zwei täglichen Mahlzeiten bezahlt hätte. Auch lächelnden Zynismus hat er mich gelehrt. ›*Cher ami,* in Paris gibt es nur zwei Arten von Leuten...‹

Ich gehörte zu der zweiten Sorte, und mit seiner Hilfe bin ich in die erste aufgestiegen.«

»Im Grunde diente Ihnen Nicolas als Vorbild. Hat er Sie denn sehr beeindruckt, Monsieur Bauche?«

»Zu Anfang, ja.«

»Nur anfangs? Versuchen Sie doch zu definieren, was Sie an ihm beeindruckte!«

»Er schien mit dem Leben zu spielen. Er jonglierte. Alles glückte ihm. Jedermann liebte, bewunderte ihn. Ein Beweis dafür ist doch, daß man ihn heute bedauert. Keiner, nicht einmal Sie, dessen bin ich ganz sicher, schert sich darum, daß er nur ein Betrüger war. Die Frauen wußten, daß er sie verlachte, daß er sie nur im Vorbeigehen mit herablassendem, wenn nicht gar verächtlichem Lächeln nahm, und dennoch liefen sie ihm alle nach.«

»Sie geben aber zu, daß Sie nicht erst seit einigen Wochen, also seit Sie seinen Betrügereien auf die Spur gekommen waren, sondern schon seit langem, fast seit Beginn Ihrer Zusammenarbeit damit rechneten, daß er notfalls Ihre Schulden bezahlen würde!«

»So genau hatte ich mir das nicht überlegt.«

»Ich lege Wert darauf, daß diese Antwort gebührend gewürdigt wird«, sagte Houard, der sich nützlich machen wollte, »und ich möchte auch hervorheben, daß mein Mandant sich mit einer Offenheit zu allen Fragen äußert, die ich ihm nicht anzuraten gewagt hätte und die Sie ihm bitte zugute halten wollen.«

»Ich werde Ihre Bemerkung berücksichtigen, Maître. Leider muß ich nun auf ein heikleres Thema zu sprechen kommen, aber ich sehe mich dazu gezwungen. Können Sie mir sagen, Monsieur Bauche, wer die Cartier-Armbanduhr bezahlt hat, die sich im Schmuckkästchen Ihrer Frau befindet?«

»Sie ist von ihm.«

»Von Serge Nicolas?«

Er nickte. Er war ein wenig erbleicht, und sein Adamsapfel bewegte sich plötzlich, trat deutlich hervor, als wäre ihm der Speichel im Hals steckengeblieben.

»Und der Otterpelz?«

Wiederum Kopfnicken.

»Ich darf wohl annehmen, daß auch die schwarzen Seidenpyjamas, die aus demselben Wäschegeschäft stammen wie die seinen, Ihnen von Serge Nicolas geschenkt wurden?«

»Ich bekam sie von meiner Frau. Ich wußte es damals nicht.«

»Später aber kamen Sie darauf. Wann war das?«

»Als ich ihn aufsuchte.«

»Sie meinen vorgestern?«

Maître Houard wurde nervös. Der Richter begnügte sich damit, eine Notiz mit einem roten Kreuz zu versehen.

»Können Sie mir erklären, wie es zuging, daß Ihre Frau solche Geschenke erhielt?«

»Sie wissen es doch selbst.«

»Ich meine, ob Sie mir erklären können, warum Sie nichts dagegen einzuwenden hatten, obgleich Sie doch genau wußten, von wem und wofür Sie sie bekam?«

»Immerhin habe nicht ich sie angenommen.«

»Aber es hat Sie nicht weiter gestört. Sehen Sie, Monsieur Bauche, die Polizei arbeitet sehr schnell. Die Garderobe und das Schmuckkästchen Ihrer Frau enthalten nur wenige Wertsachen, die nicht von anderen Männern stammen. Soll ich Ihnen das Verzeichnis mit den Namen der Geber vorlesen? Na gut! Ich verstehe. Das kann ich Ihnen erlassen. Sie müssen aber zugeben, daß Ihre Haltung zumindest befremdlich anmutet.«

»Es hätte ja doch nichts geändert«, seufzte er.

In dem Augenblick, in dem er am wenigsten darauf gefaßt war, erhob sich der Richter.

»Das wäre alles für heute.«

Bauche blickte auf die Zeitungen, druckste ein wenig, bis er damit herausrückte:

»Vermutlich ist es mir verboten, sie zu lesen.«

»Ich habe ja keine Isolationshaft angeordnet, also steht dem nichts entgegen. Sie dürfen diese Zeitungen sogar mitnehmen, aber ich bin mir gar nicht sicher, ob Ihr Anwalt Ihnen dazu raten würde.«

Und zu Houard:

»Morgen um die gleiche Zeit, Maître. Ihr Mandant muß sich einer zweiten Untersuchung in der Spezialabteilung unterziehen.«

Er verabschiedete sich nicht von Bauche, drehte sich mit dem Gesicht zur Wand, als er den Raum verließ.

»Willst du wirklich diese Zeitungen mitnehmen?«

Eigentlich lag ihm nichts daran. Ihre Lektüre würde ihn nur belasten, genau wie die Unterredung mit seiner Mutter. Er tat es nur, um nicht als Feigling dazustehen.

»Ich sehe dich dann, wenn die Doktors mit dir fertig sind. In dieser Richtung habe ich einige Hoffnung.«

Draußen war die Nacht eingefallen. Man hatte ihm wieder Handschellen angelegt. Als sie zum Hof hinuntergingen, ließ ihn sein Wärter ein paar Züge an einer Zigarette tun. Das Hecklicht des Gefangenenwagens war zu sehen. Ringsherum warteten Schattengestalten, angekettet wie er, bis alle eingetroffen waren. Man gönnte ihnen diese kleine Pause, die im Reglement nicht vorgesehen war, bevor man sie in die engen Zellen einschloß. Durch das offene Portal, jenseits des Torbogens, vermochten sie die Steinbrüstung des Kais wahrzunehmen, den schwarzen Stamm eines Baumes, und in der Ferne auf der anderen Seite des Flusses die Straßenlaternen, dann und wann ein Taxi und vereinzelte Fußgänger, die im kalten Abendregen dahineilten und deren Stimmen für einen kurzen Augenblick bis zu ihnen drangen.

Kaum befand er sich, unter der Obhut seines Wärters, in seiner Zelle mit ihrer kleinen, hoch oben angebrachten und vergitterten Lampe, die nur einen trüben Lichtschein verbreitete, da begann er, so gut es ging, zu lesen. Der fettgedruckte Titel lautete:

Bauche beschuldigt die C. I. F.

Darunter stand in kleineren Lettern:

Der Mörder behauptet, im Namen der Gerechtigkeit gehandelt zu haben, leugnet aber ein Verbrechen aus Leidenschaft.

Auf der Titelseite fand sich beinahe eine ganze Spalte über ihn, zwei weitere auf der fünften. Schon die ersten Sätze gemahnten ihn an die Reden seiner Mutter. Er hatte zwar so etwas erwartet, aber er war doch nicht darauf gefaßt gewesen, daß es so arg sein würde. Man tauchte ihn in eine wildfremde Welt, für die er sich beim besten Willen nicht zu interessieren vermochte. Geradezu vorsätzlich unterlegte man den Wörtern eine andere Bedeutung, erfand in allen Stücken eine Wahrheit, die mit der seinen nicht das geringste gemein hatte.

Soweit er es beurteilen konnte, hatte der Kommissar mit den Journalisten gesprochen, denn Bauche erkannte manche Sätze aus dem Verhör bei der Kriminalpolizei wieder. Dieser Kommissar leitete auch weiterhin die Ermittlungen. Alles was der Richter ihm heute gesagt hatte, sprach dafür.

»In der Filmszene hat das Verbrechen in der Rue Daru tiefste Konsternation ausgelöst, und maßgebliche Kreise haben mit unmißverständlicher Deutlichkeit erklärt, daß Albert Bauche, der Mörder von Serge Nicolas, ein Neuling war und keineswegs das Vertrauen und die Wertschätzung seiner Kollegen genoß.

Noch vor zwei Jahren war er ein kleiner Journalist, der keinem Mitarbeiterstab eines Presseorgans angehörte, halt eine jener kümmerlichen Gestalten, die in den Redaktionsräumen umherirren, in der Hoffnung, für einen Hungerlohn irgendwo einen Artikel unterzubringen.«

Das war gemein, geradezu perfide. Dumm war es auch. Warum zu einem Hungerlohn?

»Es wird noch mehrere Tage dauern, bis die Rechnungsprüfer, die gegenwärtig an der Arbeit sind, herausgefunden haben, inwieweit die Beschuldigungen, die der Mörder gegen die C. I. F. erhebt, fundiert sind. Wie dem auch sei, es handelt sich doch nur um eine unbedeutende Gesellschaft, die ...«

Im Zweifelsfalle würde man zu Gunsten dieser Leute entscheiden. Man hatte sich wohl gehütet, die Namen der Filmstars und der Regisseure zu nennen, die bei ihm und Serge Nicolas um Verträge gebuhlt und munter mit ihnen gezecht hatten.

Dann fand ein Themawechsel statt, den ein Zwischentitel ankündete:

Wird Bauche es wagen, auf Totschlag aus Eifersucht zu plädieren?

»Diese Frage, wie auch die anderen, wird von Richter Bazin streng vertraulich behandelt. Von dem, was sich in seinem Büro abspielt, dringt kein Sterbenswörtchen an die Öffentlichkeit. In der Pariser Halbwelt wird allerdings gemunkelt, daß die Frau des Mörders seit mehreren Jahren die Geliebte von Serge Nicolas war.

Wäre die Zahl ihrer Liebhaber nicht gar so beträchtlich gewesen, so hätte man von einem Dreiecksverhältnis sprechen können, denn Albert Bauche fand sich gleichmütig mit einer Situation ab, an der er sich nicht zu stoßen schien und die ihm manchen Vorteil einbrachte. Soll man den Gerüchten Glauben schenken, denen zufolge in diesem Trio seit einigen Wochen Unstimmigkeiten herrschten und Serge Nicolas die Absicht gehabt hätte, ein bezauberndes Filmsternchen zu ehelichen, das unlängst ein vielversprechendes Debüt gegeben hat?

Wenn dem so ist: Was hat sich dann in der Rue Daru zwischen den beiden Männern abgespielt, welche Anschuldigungen mögen sie sich an den Kopf geworfen haben?«

Unter dem Foto seiner Mutter, das sie beim Verlassen des Zuges zeigte, las er folgende Legende:

Die Mutter des Mörders trifft in Paris ein.

Und in kleinerer Schrift:

Mein Sohn wurde von diesem Weib verhext!

»Die Mutter des Mörders, die wir im Bahnhofgedränge nur einen kurzen Augenblick sprechen konnten und deren Fassungslosigkeit durchaus verständlich ist, hat für unsere Leser folgende Erklärung abgegeben:

›Mein Sohn war ein Schwächling, und mein armer Mann hat den Fehler gemacht, ihn zu verwöhnen. Er ist diesem Weib in die Hände gefallen und hat sich von ihr völlig einwickeln lassen. Er ist wahnsinnig geworden, da bin ich ganz sicher. Wäre er noch bei Verstand gewesen, hätte er nie eine solche Tat begangen.‹«

Der Richter hatte recht. Er hätte lieber nichts lesen sollen. Was da mittels der Zeitung von draußen zu ihm hereindrang, waren hoffnungslos mißratene Karikaturen von ihm selbst und den anderen. Er konnte es nun nicht mehr erwarten, wieder in der Spezialabteilung zu sein, wo der Blick des Professors auf ihm ruhen und die Stifte der Studenten über die Heftseiten eilen würden.

Er ließ die Zeitung fallen, hob sie wieder auf, und nur mit großer Willensanstrengung vermochte er sie zu zerknüllen und in eine Ecke zu werfen.

Seine Mutter hatte ihn aufgegeben und nichts anderes im Sinn, als ihre eigene Rechtschaffenheit herauszustreichen und die Verantwortung anderen in die Schuhe zu schieben. Houard, das spürte er, verteidigte ihn ohne rechte Überzeugung, nur aus Pflichtgefühl, weil er mit seinem Vater befreundet gewesen war. Der Richter versuchte zwar, ihn zu verstehen, aber er gehörte einer anderen, von seiner Welt weit entfernten Sphäre an, und heute hatte ihn der Bericht des Kommissars sichtlich gegen ihn eingenommen.

Nur der nachlässig gekleidete Professor sah in ihm einen Menschen, mit dem ein Kontakt möglich war, wenn er ihn auch noch nicht wirklich verstand. Warum nur hatte Bauche den Eindruck, daß er ein Junggeselle war und irgendwo allein in einer Gastwirtschaft seine Mahlzeiten einnahm? Er konnte sich ihn nicht im

Kreise einer Familie oder beim Bridgespielen mit Freunden, aber schon überhaupt nicht bei offiziellen Zeremonien vorstellen. Vielleicht schlich er auch in Puffs oder las Mädchen auf der Straße auf. Wer weiß? Am Ende hatte er auch seine Anaïs!

Jedenfalls wußte er, daß es diese Dinge gibt und man deshalb noch lange nicht verrückt oder pervers sein mußte.

Wußte er es auch wirklich? Oder täuschte sich Bauche? Hielt ihn der Irrenarzt etwa doch für geisteskrank? Heißt es nicht, daß die Psychiater die Neigung haben, alle Menschen, mit denen sie in Berührung kommen, als abnorm zu betrachten?

Bei diesem Gedanken fühlte er Furcht in sich aufsteigen. Er vergaß darüber, auf die Schritte des Wärters zu achten, und war überrascht, daß man ihm schon seine Mahlzeit brachte. Er hatte keinen Hunger. Er aß mechanisch. Seine Mutter und die Zeitung waren schuld daran, daß ihm jetzt alles, was er an diesem Morgen gesagt hatte, gefährlich schien.

Er hatte die Karten offen auf den Tisch gelegt, er hatte aufrichtig geantwortet, im Vertrauen darauf, daß man ihn verstehen würde, und nun fürchtete er, daß man alle seine Worte gegen ihn auslegte.

Er versuchte, sich für den nächsten Tag vorzubereiten. Er mußte ihnen unbedingt ein richtiges Bild von sich geben.

Er hatte doch nur deshalb so ausführlich von Grau-du-Roi gesprochen, weil sein Leben in zwei Phasen zerfiel, die nicht das geringste miteinander gemein hatten.

Ob der Professor das begriff?

Grau-du-Roi, das Land der Sonne! Alle seine Erinnerungen waren in gleißendes Sonnenlicht getaucht. Vor allem aber herrschte dort eine Art von Unschuld. Ja, das war's! Das mußte er ihnen unbedingt sagen. In Grau stand das irgendwie rührende, verschachtelte Haus, das aussah, als entstamme es einem Baukasten, da war sein Großvater, halb Weihnachtsmann, halb Zwerglein aus dem Schneewittchenmärchen, dann sein Vater, der im Hof die Bouillabaisse zubereitete und jeden Nachmittag vor dem Postamt Boule spielte. In dieser Welt gab es keine Geldprobleme, und die netzeflickenden Fischer schienen für Ansichtskarten Modell zu stehen.

Wenn im Sommer die Fremden aus Lyon oder Paris kamen, seriöse, angesehene Leute in ihrer Stadt, zogen sie wie Buben sofort kurze Hosen an oder verkleideten sich mit kindlichem Vergnügen als Fischer.

Bereits Nîmes und sein Gymnasium stellten für ihn eine düstere, irgendwie irreale Welt dar, wo man täglich ein paar Stunden verbrachte, die aber völlig ohne Belang waren.

Nein, so ganz stimmte das nicht, das war ihm durchaus klar, aber der Professor würde ihn verstehen und ihm dabei helfen, seine Gedanken in die richtige Ordnung zu bringen.

In Grau lebte man außerhalb der Regeln! Sie existierten einfach nicht. Eben um den Regeln zu entgehen, verlebten Leute wie Houard hier alljährlich ihre Ferien und stießen einen Seufzer der Erleichterung aus, wenn sie dem Bus entstiegen.

Auch sein Vater, der nicht arbeitete und schon mit zweiundvierzig Jahren von seiner Pension lebte, stand außerhalb der Regeln. Das war der Grund, warum jedermann ihn liebte und zu ihm kam.

Anaïs stand außerhalb der Regeln.

Das ließ sich schon nicht mehr so leicht erklären. Vorhin hatte seine Mutter von Françoise gesprochen, der kleinen Nachbarin, an die er sich einen Augenblick zuvor kaum erinnern konnte, obwohl er sie von Kind auf kannte. Sie war die Tochter des Postbeamten. Als ganz kleines Mädchen pflegte sie zu sagen:

»Wenn wir groß sind, werde ich deine Frau.«

Mitunter fügte sie mit strengem Blick hinzu:

»Du mußt es mir versprechen!«

Sie war recht hübsch. Alle fanden es. Jedermann wußte, daß sie auf ihn wartete. Aber hatte sie denn einen Bauch, hatte sie Schenkel?

Nie hatte er sich vorzustellen vermocht, daß er ihr Kleid hochheben und sich mit ihr vereinigen könnte. Sie hatte sicher eine prächtige Trauung im Sinn, erst im Bürgermeisteramt, dann in der Kirche, gefolgt von einer Hochzeitsreise und nach ihrer Rückkehr ein wohlgepflegtes Haus.

Ganz anders Anaïs. Anaïs war ein Bauch. Jahrelang hatte er einen Bauch begehrt, ihren Bauch, denn alle Männer wurden von ihm verschlungen.

Hätte er mit Anaïs zusammengelebt, wären alle entsetzt gewesen; sobald er gesagt hätte, daß er sie hinten am Strand oder in der Mulde beim Kanal treffen würde, hätte er mißbilligende Blicke geerntet.

Wurden nicht die anderen, sein Vater inbegriffen,

vom selben Trieb beherrscht, den er in sich verspürte? Warum schämten sie sich denn, da sie doch alle dasselbe Bild vor Augen hatten, das sie nicht losließ?

Auch er hatte sich geschämt. Daran waren sicher die anderen schuld. Er durfte nicht vergessen, ihnen das am nächsten Morgen zu erklären, denn wenn er sich nicht geschämt hätte, wäre er wohl in Grau geblieben. Er hätte wie die Fischer in einer Baracke gelebt, mit einem Boot und Anaïs. Er hätte sie ja als Haushälterin einstellen können.

Wahrscheinlich wäre es ihm nicht einmal im Traum eingefallen, nach Paris zu gehen, wenn er so hätte leben können.

»Dein Vater ist nicht mehr, mein Junge. Jetzt bist du das Oberhaupt der Familie. Es wird Zeit, daß du die Verantwortung übernimmst und einen Beruf ergreifst.«

Am Tag der Beerdigung hatte er diese Worte, im Brustton der Überzeugung vorgetragen, immer wieder gehört, und abends waren alle, die so mit ihm geredet hatten, betrunken. Einige sangen lauthals auf dem Kai, als sie heimwärts schwankten.

»Ich will Ihnen klarmachen, Herr Professor ...«

»Ich will Ihnen klarmachen ...«

Endlich saß er wieder auf seinem Stuhl. Das Licht fiel ihm in die Augen, aber es störte ihn schon weniger. Er freute sich darüber, daß zwei Studenten mehr, unter ihnen ein Chinese, gekommen waren. Er wußte nicht ganz sicher, ob sie seinetwegen hier saßen, aber es lag durchaus im Bereich des Möglichen, und er empfand es als Ermutigung.

»Ich habe darüber nachgedacht, was ich Ihnen gestern morgen gesagt habe. Ich bin fast sicher, daß ich, wenn ich nicht Scham empfunden hätte, niemals Grau-du-Roi verlassen und mit Anaïs zusammengelebt hätte.«

»Weswegen denn Scham?«

Der Professor war sichtlich interessiert. Das mußte er ausnützen.

»Weil ich mich nicht wie die anderen verhielt.«

»Können Sie definieren, wie sich die anderen verhalten?«

»Sie befolgen die Regeln, oder jedenfalls geben sie vor, es zu tun, denn alle Welt mogelt. Mein Vater war, was man einen Ehrenmann nennt, das habe ich Ihnen bereits gesagt, und doch gab es in seinem Leben nicht nur die Sache mit Anaïs. Die Besuche Ozils bei Serge Nicolas haben mich an etwas erinnert.«

»Wann ist das gewesen?«

»Vor einigen Wochen. Es ging mir recht nahe. Monsieur Ozil stattete Serge Nicolas scheinbar freundschaftliche Besuche ab, aber in Wirklichkeit war er der Chef. In Montpellier gibt es auch so jemanden wie Monsieur Ozil. Er hat eine Aperitiffabrik und ist sehr vermögend. Er ist sicher der reichste Mann, der je unser Haus betreten hat. Jeder in Südfrankreich weiß, daß Monsieur Baroucaut, so lautet sein Name, nie Abgeordneter oder Senator werden wollte, sondern daß er ihm ergebenen Männern zur Wahl verhilft, weil er sie in der Abgeordnetenkammer braucht. Sehen Sie, worauf ich hinaus will? Er besuchte uns in seinem großen Wagen, der von einem Chauffeur gesteuert wurde, zeigte sich zusammen mit meinem Vater auf der Terrasse bei Justin, klopfte ihm freundschaftlich auf den Rücken. Dann schlossen sich die beiden immer im Wohnzimmer ein, das praktisch nur zu diesem Zweck diente.

In den Wochen, die seinen Besuchen folgten, lebten wir auf größerem Fuß – das ist mir im nachhinein aufgefallen, und einmal kaufte man mir sogar einen neuen Anzug, den ich gar nicht brauchte.«

»Was schließen Sie daraus?«

»Daß mein Vater mogelte. Das ist alles. Dabei wäre es doch so einfach...«

Was wäre denn so einfach? Gestern war ihm auf seiner Pritsche alles viel klarer erschienen. Was er heute sagte, war durchsetzt mit Gedankensplittern, die ihm bei der nächtlichen Autofahrt durch den Kopf geschossen waren, als er von der Rue Daru durch die zerstiebenden Wassersterne in Richtung des Wirtshauses von Ingrannes unterwegs gewesen war.

»Sind Sie denn in der Absicht zu mogeln nach Paris gekommen?«

»Nein, solche Vorstellungen hatte ich nicht. Ich wollte etwas werden, jemand sein. Ich wollte elegant auftreten, ein Auto besitzen, schick ausgehen und mit lässiger Selbstverständlichkeit große Geldscheine hinblättern.«

»Warum?«

»Weil es keinen Mittelweg gab.«

»So ein Leben oder Grau-du-Roi und Anaïs?«

»Ja, in etwa. Natürlich meine ich, wenn ich Anaïs sage, nicht unbedingt sie selbst.«

»Ja, sie ist ein Symbol.«

»Wenn Sie meinen. Dann begann die zweite Phase meines Lebens, die dunkle Phase.«

»Warum dunkel?«

»Weil ich es so sehe. Ich weiß, auch in Paris gibt es Sommer und mehr Sonnen- als Regentage. Dennoch sind alle meine Erinnerungen daran dunkel, ich sehe immer düstere Orte vor mir, feuchte oder schmutzige Dinge. Als ich an einem Wintertag um fünf Uhr morgens zum erstenmal in Paris ausstieg, war ich so verzweifelt, daß ich beinahe sofort wieder heimgefahren wäre, ohne das Bahnhofsgebäude zu verlassen.«

»Sind Sie sicher, daß Sie nicht doch Geschmack daran gefunden haben?«

»Woran? An Paris?«

»An dem, was Sie das Dunkle nennen, an all den schmutzigen Dingen, an der anonymen Menschenmenge, den anrüchigen Hotels, den Mahlzeiten – Aufschnitt aus fettigem Papier – und an den billigen Mädchen?«

Eine ganze Weile sah Bauche ihn eindringlich an. Obwohl er sich alle Mühe gab, konnte er ein schlaues Lächeln nicht unterdrücken. Ein wenig verlegen fragte er:

»Wie haben Sie das erraten?«

»Immerhin haben Sie über fünf Jahre in dieser dunklen Welt gelebt.«

»Ja, das ist wahr. Ich hielt mich für unglücklich, schwor mir, es ihnen eines Tages heimzuzahlen.«

»Wem heimzahlen?«

Würde man ihn verstehen, wenn er es aussprach?

Er wagte es:

»Den Regeln.«

Ein anderes Wort gab es dafür nicht. Er begnügte sich mit einer vagen Handbewegung, die gleichsam das ganze Universum umfaßte. Er wußte, was er damit sagen wollte. Er war nur ein armes Würstchen in einer Straße, eingezwängt in ein enges Kästchen der Großstadt, und rings um ihn herum, über ihm, arbeitete eine gewaltige Maschinerie, die ihm die Luft abschnürte.

Das waren die Regeln. Wer sie befolgte oder sich auch nur den Anschein gab, es zu tun, wurde schließlich belohnt, wenn es einem gelang, sich hervorzutun. Die anderen strampelten sich weiterhin im dunkeln ab, bis die Falle über ihnen zuschnappte.

Von der Falle hätte er gern gesprochen. Er saß jetzt drin, genau das war mit ihm geschehen. Aber das ließ sich noch viel schwerer ausdrücken als das übrige. Gefährlich war es auch. Zwar war der Professor nicht so wie die anderen, das mochte schon sein, aber ob er so weit gehen würde, blieb doch ungewiß. Man mußte auch mit den Studenten rechnen, dem Assistenzarzt, der einer Theateraufführung beizuwohnen schien, und dem anderen älteren Zuschauer. Sie würden sicher alle darauf drängen, ihn für geisteskrank zu erklären.

Er war schon zu weit gegangen. Es schien ihm ratsam, einen Rückzieher zu machen, sich vorsichtiger auszudrücken. Er würde die Dinge nicht so genau treffen, aber sei's drum!

»Was ich Ihnen zu sagen versuche, Herr Professor, und was mir so schlecht gelingt, wofür ich um Verzeihung bitte, ist folgendes: In Wirklichkeit war ich während der dunklen Zeit, wie ich sie genannt habe, weniger unglücklich als während der letzten beiden, von künstlichem Licht erhellten Neon-Jahre.

Ich lebte in einer schönen Wohnung am Quai d'Auteuil, sie war hell, sauber, geschmackvoll eingerichtet, mit Blick auf die Seine. Und doch – wie oft sehnte ich mich nach unserem möblierten Zimmer in der Rue Bergère zurück, wo sich alles auf engstem Raum abspielte und die Fenstervorhänge schon seit zehn oder fünfzehn Jahren nicht mehr gewaschen worden waren.

Es kam sogar vor, daß ich Sonntag morgens, wenn ich zu Hause blieb, weil ich nicht wußte, wohin ich hätte gehen können, zum anderen Ufer hinüberblickte. Dort befindet sich das arme, verkommene Quartier Javel, wo sie oft zu fünft oder zu sechst in einem Zimmer hausen. Neid stieg in mir hoch.

Gehen denn die reichen Leute nicht aus demselben Grund in billige Kneipen und zu den Tanzveranstaltungen in der Rue Lappe oder in einem anderen Viertel, wo sich das Volk bei Musettemusik vergnügt?«

Wieder lächelte der Professor. Der Chinese strahlte übers ganze Gesicht und kritzelte rasch etwas in sein Heft.

»Sprechen Sie nur weiter.«

»Mir wäre es lieber, wenn Sie mir Fragen stellen, denn ich bin etwas aus dem Konzept geraten.«

Mißtrauen beschlich ihn. Es war besser, die Dinge auf sich zukommen zu lassen.

8

Noch immer war die Rede nicht auf das Verbrechen gekommen, ganz anders als beim Richter und beim Kommissar. Der Professor hatte mit keinem Wort darauf angespielt, und Bauche war ehrlich davon überzeugt, daß man ihm keine Falle stellte. Genau wie er selbst sah auch der Professor den Tod von Serge Nicolas, den Pistolenschuß und die zweiundzwanzig Schläge mit dem Schürhaken, auf denen die da oben herumritten, als nebensächlich an. Das einzige, was zählte, war der Weg, den Albert Bauches Bewußtsein durchlaufen hatte.

Merkwürdigerweise, aber er war eher davon angetan, maß der Professor dem sexuellen Aspekt des Problems besondere Bedeutung bei, während ein Mann wie Bazin mit einer gewissen Befangenheit darüber sprach und Houard jedesmal peinlich berührt wirkte, wenn dieses Thema auch nur angeschnitten wurde.

Er hatte sich oft über die Verschämtheit der Leute gewundert, über ihre merkwürdige Art, nur witzelnd auf diesen Bereich zu sprechen zu kommen, wo doch das Sexualverhalten eines Mannes oder einer Frau eine so entscheidende Rolle spielt.

Hier wußte man das. Schon die erste Frage, die man ihm stellte, war so ungewöhnlich, daß Bauche sich sagte, daß der Professor vielleicht unter denselben Störungen litt wie er selber.

»Hatten Sie, abgesehen von Prostituierten oder Ihrer Frau, sexuelle Beziehungen mit anderen Personen?«

»Zweimal. Nein. Dreimal, um genau zu sein.«

»Verlief der Geschlechtsverkehr wunschgemäß?«

»Nein.«

»Können Sie mir den Grund dafür nennen?«

»Beim ersten Mal lebte ich noch in Grau-du-Roi. Es war der Sommer vor dem Tod meines Vaters. Unter den Touristen war eine junge Frau aus Limoges, deren Mann, ein Schuhfabrikant, nur samstags kam und montags wieder abreiste. Ich habe sie mehrmals im Boot meines Vaters spazierengefahren.«

»War sie der Typ von Frau, den Sie suchten?«

»Ja. Sie war recht mollig, mit kräftigen Schenkeln. Sie ging nur in Shorts. Ich wußte, daß sie mich drollig fand. Sie hatte sich im ersten Stock eines Hauses am Strand eingemietet. Dort habe ich sie mehrmals abgeholt. Ich begleitete sie auch wieder zurück. Tagsüber nahm sie ihr Kind mit, nachts sah die Hausbesitzerin nach ihm. Eines Abends habe ich sie auf dem Heimweg mehrmals geküßt, und wir gingen eng umschlungen weiter. Sie bat mich auf einen Sprung zu sich herein. Das Kind schlief in einem anderen Zimmer.

Sie nahm die Bettdecke ab, und als sie anfing, ihre Kleider abzulegen, wußte ich, daß sie dasselbe von mir erwartete. Wir legten uns hin. Gleich darauf fühlte ich mich impotent.«

»Wie alt war sie?«

»Vier- oder fünfundzwanzig.«

»Was Ihren Zustand bewirkt hat, wissen Sie nicht?«

»Nein. Vielleicht fürchtete ich, nicht auf der Höhe zu sein. Ihr Mann war ein stattlicher Mensch, viel kräftiger als ich, und noch dazu dreißig Jahre alt.«

»Hatten Sie Angst, daß sie Sie auslachen würde?«

»Angst hatte ich schon, aber nicht aus einem bestimmten Grund. Ich drehte einfach durch und brach sogar in Tränen aus. Erst wurde sie von nervösem Lachen befallen, doch schließlich gab sie sich alle Mühe, mich zu trösten.«

»War es die beiden anderen Male ebenso?«

»Nicht ganz so schlimm. Beim zweiten Mal wohnte ich schon in Paris. In einem Café, wo ich ein Croissant aß, hatte ich ein junges Mädchen kennengelernt. Ich hielt sie für eine Arbeiterin. Ich lud sie ins Kino ein, wo ich mit ihr schmuste. Da erregte sie mich sehr. Dann ging sie, ohne sich lange zu zieren, mit mir in mein Hotelzimmer. Schon im Treppenhaus fühlte ich mich beunruhigt. Ich wollte nicht, daß sie sich auszog. Als ich sie nahm, preßte sie ihren Mund auf meinen, drückte sich leidenschaftlich an mich, und in dem Moment war es bei mir aus. Sie war gekränkt und verließ das Zimmer, ohne ein Wort zu sagen.«

»Und beim dritten Mal?«

»Das ist noch nicht lange her. Es war in den Räumen der C. I. F. mit einer Sekretärin, die vor Annette bei uns arbeitete. Ich fand sie sehr anziehend und hielt sie absichtlich einmal nach Büroschluß zurück. Sie war ein hübsches, sehr gepflegtes, adrettes Mädchen. Sie trug nur Seide. Sie sträubte sich nicht, aber sie ließ alles mit genießerischem Lächeln über sich ergehen, als schlürfe sie einen Aperitif, ihr Blick schien mir belustigt, geradezu verschmitzt, so daß ich das Gefühl hatte, sie halte mich zum besten. Auch dieses Mal mußte ich den Verkehr vorzeitig abbrechen.«

»Haben Sie sie entlassen?«

»Nach einigen Wochen.«

»Mit Prostituierten haben Sie wohl nie solche Schlappen erlitten?«

»Nein. Nie.«

»Als Sie Ihre Frau kennenlernten, hatten Sie also nur mit Prostituierten und Anaïs geschlafen?«

»Ja, Herr Professor.«

»Gestern haben Sie mir gesagt, Sie hätten es während der ersten Woche eher widerlich gefunden, daß sie jeden Morgen zu Ihrem Chef ging.«

»Weil sie wie ein anständiges junges Mädchen aussah und Horwitz ein unappetitlicher Kerl war. Er wusch sich nicht einmal richtig.«

»Sie machte Ihnen Avancen, und Sie gingen nicht darauf ein?«

»Ich verhielt mich abweisend.«

»Sagen Sie, Monsieur Bauche, ist das nicht zum Teil auf Ihre unglücklichen Erfahrungen zurückzuführen? Hatten Sie nicht etwa Angst, daß Ihnen mit ihr dasselbe passieren würde?«

»Damals noch nicht. Später vielleicht.«

»Können Sie sich nicht deutlicher ausdrücken?«

»Was ich Ihnen jetzt erzähle, spielte sich an einem Samstagmorgen ab. Wie jeden Samstag war Horwitz auf der Bank. Er blieb immer recht lange aus. Jemand erschien im Büro, um Geld zu kassieren, ein Elektriker, der in der Woche zuvor kleinere Reparaturen bei uns vorgenommen hatte. In der Kassette, die für solche Zwecke diente, lag das Geld für ihn bereit. Sie befand sich in einer Schublade von Horwitz' Schreibtisch. Der Elektriker war ein großer, hagerer Mensch von etwa fünfunddreißig Jahren, und ich erinnere mich, daß er einen zu engen Mantel anhatte. Er war meines Erachtens kein Mann, der sich Frauen gegenüber als Draufgänger benahm.

Ich habe mich gefragt, warum Fernande, anstatt das Geld aus dem Nebenzimmer zu holen, ihn ins Büro von Horwitz führte. Ich sehe noch die Tür vor mir, die sie nur halb hinter sich zugezogen hatten, etwas mehr als zur Hälfte, jedenfalls war der Spalt zu schmal, als daß ich den Schreibtisch hätte sehen können.

Kaum waren sie im Büro, als ich sie miteinander flüstern und kichern hörte. Dann wieder Stille, das Rascheln von Stoffen und schließlich das Geräusch von Gegenständen, die auf einem Möbel verschoben wurden. Dann war jeder Zweifel ausgeschlossen, denn Fernande stöhnte laut.

Als der Elektriker mit hochrotem Kopf, an den Knöpfen seines Überziehers fingernd, aus dem Raum trat, ließ er die Tür sperrangelweit offen, und ich sah Fernande mit gespreizten Beinen auf dem Schreibtisch liegen, genau mir gegenüber. An ihrem merkwürdigen Lachen erkannte ich, daß sie absichtlich in dieser Stellung verharrte.

›Bauche‹, rief sie mich an. ›Wissen Sie, daß der arme Teufel darüber sein Geld vergessen hat?‹

Sie blieb noch eine Weile so liegen, hob den Kopf,

um mich besser zu sehen, setzte sich schließlich auf und schlüpfte vor meinen Augen in ihre Hose.

›Sie scheinen ja nicht gerade wild darauf zu sein‹, bemerkte sie. ›Wenn ich die Gelegenheiten hätte, würde ich das von morgens bis abends treiben.‹«

»An diesem Tag ist zwischen Ihnen nichts vorgefallen?«

»Nein, und auch nicht die folgenden. Aber wir sprachen miteinander. Genauer gesagt, sie war es, die andauernd das Gespräch auf dieses Gebiet lenkte, während wir die Adressen auf die Kuverts schrieben. Sobald sie einmal damit angefangen hatte, war sie nicht mehr davon abzubringen. Sie erzählte mir, daß sie keinen Mann sehen konnte, ohne an seine Geschlechtsteile zu denken und daß sie von diesem Augenblick an verloren war. Sie erklärte mir sogar genau, was sie dabei empfand, was in ihr vorging.

Angefangen hatte sie als Dreizehnjährige mit einem Mann, der, wie sie behauptete, fast jeden Tag am Schultor wartete und den kleinen Mädchen folgte. Eigentlich hätte sie mit den Nachbarskindern heimgehen sollen, aber eines Nachmittags hatte sie sie unter dem Vorwand abgeschüttelt, daß sie noch Besorgungen für ihre Mutter zu machen hätte. Als sie sicher war, daß der Mann ihr folgte, blieb sie am Rande eines verwilderten Geländes stehen. Der Mann, so erzählte sie mir, geriet völlig außer Fassung. Er war ein harmloser Exhibitionist, der weiter nichts wollte. Kaum hatte er sie angerührt, da lief er weg, was sie als Kränkung empfand. Er kam immer wieder, und nach einer Weile faßte er Mut, doch vermied er es, sie zu entjungfern.«

»Ist Ihnen nie in den Sinn gekommen, daß sie vielleicht alles erfunden haben könnte?«

»Manchmal hatte ich schon den Eindruck. Fast jeden Tag tischte sie mir neue Geschichten auf. Am Donnerstag hatte sie sehr viel geredet, plötzlich sprang sie auf und stellte sich mit hochgeschürztem Rock vor mich hin:

›Wenn du schon nichts anderes fertigbringst, dann streichle mich wenigstens.‹

Und so ist es denn passiert.«

»Ohne weitere Schlappen?«

»Ganz im Gegenteil«, antwortete er, senkte den Blick.

Nach einer Weile fügte er hinzu:

»Es war ganz anders als alles, was ich bisher erlebt hatte. In der Folge verlangte ich absichtlich weitere Geschichten von ihr, um sie aufzureizen. Wenn sie aus Horwitz' Büro kam, ließ ich mir alles haarklein berichten, was sie gern tat. Ich trug mich keineswegs mit dem Gedanken, sie zu heiraten oder mit ihr zusammenzuleben. Ich hielt das Ganze für eine Eintagsfliege. Sie erzählte mir ihre Abenteuer, die sie fast jeden Abend erlebte, und es endete immer auf die gleiche Art, ganz gleich, wo wir uns befanden. Mehrmals wären wir beinahe überrascht worden, aber das machte ihr nichts aus.«

»Haben Sie sie geküßt?«

»Nein. Auch sie versuchte nicht, mich zu küssen.«

»Sie verspürten auch nicht, wie mit Anaïs, den Drang, ihr weh zu tun?«

»Ich glaube nicht. Es war etwas ganz anderes. Anaïs

erschien mir immer in der Sonne, ihre Haut schimmerte warm und golden. Fernande sah ich nur im Zwielicht. Ihre Schenkel waren bleich und feucht. In Wirklichkeit wollte ich sie wohl einfach besudeln. Es kam mir sehr gelegen, daß sie war, wie sie war, und sich von jedem beliebigen Mann in den Dreck ziehen ließ. Wahrscheinlich verachtete ich sie. Ich weiß nicht. Ich hatte das Gefühl, daß ich mich genauso beschmutzte wie sie. Können Sie das verstehen?«

»Ich denke schon. Andere Frauen begehrten Sie jetzt wohl nicht mehr?«

»Wenn ich einem schönen Mädchen begegnete, ließ ich mich ein wenig später an Fernande aus. Sie wußte es und nahm mich ins Gebet:

›Wie war sie denn?‹

Dann verschwand Horwitz, ohne seine Adresse zu hinterlassen, und wir standen beide auf der Straße. Ich fragte sie, was sie zu tun gedenke. Im Grunde fürchtete sie sich vor der Armut, und so seltsam es auch scheinen mag, noch mehr graute ihr vor der Prostitution.

›Ich habe meine letzte Miete nicht bezahlt‹, gestand sie mir, ›ich hatte mit diesem Monatslohn gerechnet.‹

›Wird man dich vor die Tür setzen?‹

Im übrigen hatte ich keine Ahnung, wo sie wohnte. Zwei- oder dreimal war sie mit auf mein Zimmer gekommen, aber sie hatte nie die Nacht bei mir verbracht. Ich hatte mich sogar gefragt, ob sie nicht log wie gedruckt und in Wirklichkeit bei ihren Eltern wohnte.

›Jedenfalls kannst du so lange bei mir übernachten, bis du eine neue Stelle gefunden hast‹, bot ich ihr an.

An jenem Morgen war es bitter kalt. Wir befanden uns vor dem Schaufenster eines Uhrmacherladens am Boulevard Bonne-Nouvelle. Ich sehe uns noch dort stehen. Ihr Gesicht war blaugefroren.

›Das ist eine gute Idee‹, antwortete sie ohne jede Ziererei, ›aber ich bin nicht alle Tage zu genießen.‹

Eine Stunde später kreuzte sie mit einem Koffer bei mir auf, der all ihre Habseligkeiten enthielt. Mein Vermieter klopfte an die Tür, um zu protestieren, und ich mußte ihm einen höheren Mietzins zusagen. Das Zimmer hatte ein Waschbecken mit fließendem Wasser, aber die Toilette befand sich einen Stock tiefer.

Als ich sie an jenem Abend lieben wollte, stieß sie mich zurück. Ich ließ aber nicht ab. Erst wurde sie böse, dann begann sie zu meiner Verblüffung zu weinen. Lange konnte ich kein Wort aus ihr herausbringen.

›Verstehst du denn nicht, daß ich mich vor mir selber ekle‹, brach es schließlich aus ihr heraus. ›Du meinst vielleicht, daß ich das leichten Herzens tue und siehst nicht, daß ich mich, wenn ich dazu fähig wäre, gern bezähmen würde.‹

Fast die ganze Nacht redete sie im selben Ton weiter, als wäre sie ein kleines Mädchen, bis sie endlich in meinen Armen einschlief.«

Er wagte nicht den Kopf zu heben, denn er wußte, was sich auf seinem Gesicht spiegelte, ein Lächeln oder Achselzucken hätte er jetzt nicht ertragen. Der Professor wartete eine Weile, bevor er das Wort ergriff, nicht einmal das Kratzen der Bleistifte war noch zu vernehmen.

»Hat sie wieder eine Arbeit angenommen?«

»Wir suchten beide nach einer Stelle. Erst fand sie eine in einer Druckerei an der Rue du Croissant, wo ich sie abends abholte. Natürlich gab es dort Männer, und ich war eifersüchtig, weil ich sie nicht kannte und keinen Anteil an ihren Affären hatte.«

»Waren Sie denn bis dahin nie eifersüchtig?«

»Zumindest kam es mir nicht zum Bewußtsein. Ich konnte einen Artikel in einer Wochenzeitschrift unterbringen, die sehr schlecht zahlte, und ein wenig später fand ich eine Stelle in einer politischen Liga, aber nur während der Wahlperiode. Es gelang mir, auch Fernande dort einzuschleusen. Ich hatte ein ungutes Gefühl, wenn sie nicht in meiner Nähe war, vor allem, wenn ich mir nicht genau vorstellen konnte, was sie trieb.

Meine Gegenwart störte sie keineswegs. Vermutlich spürten die Männer ihre Triebhaftigkeit. Sie war nicht kokett wie die meisten Frauen, auch nicht aufreizend. Bisweilen fiel kein einziges Wort. Sie merkten einfach, daß ihnen nichts im Weg stand, daß sich keine Folgen für sie ergaben, und das nützten sie aus.«

»Haben Sie darunter gelitten?«

»Daß ich zu Anfang darunter gelitten hätte, kann ich nicht behaupten. Die Dinge liegen nicht so klar. Es war meine dunkle Zeit, wie ich schon sagte. Unablässig jagten wir hinter ein paar Franc her. Wir lebten von der Hand in den Mund. Oft wußten wir nicht, wovon wir unser Abendessen bezahlen sollten. Als wir in der Liga arbeiteten, mieteten wir uns in der Rue Bergère ein, ganz in der Nähe des Theaters. Allabendlich promenierten Frauen vor unserem Hauseingang auf und ab. Fernande wandte sich nach ihnen um, musterte sie neugierig.

›Glaubst du, daß sie noch etwas dabei verspüren?‹

Dieses Leben führten wir fast ein Jahr lang. Schwieriger wurde es im Sommer. Die Wahlen waren vorüber, und während der Ferien konnten wir keine Arbeit auftreiben.

An einem Samstagabend ist Fernande nicht heimgekommen und erst am Montagmorgen mit einem Sonnenbrand aufgekreuzt. Ich sagte keinen Ton. Ich wollte sie nicht wissen lassen, wie sehr ihre Abwesenheit mich bedrückt hatte.

›Ein Typ hat mich im Auto nach Dieppe mitgenommen‹, erzählte sie mir ohne die geringste Verlegenheit. ›Zweimal habe ich Hummer gegessen, und nachts haben wir am Strand miteinander geschlafen.‹«

»Und da ist Ihnen der Gedanke gekommen, sie zu heiraten?«

»Dieser Entschluß reifte in mir ganz langsam, ohne daß ich es selbst so recht merkte. Ihre Abwesenheit tat mir körperlich weh. Dazu kam noch, daß sie jetzt, wenn sie mir gewisse Dinge sagte und ihre Anfälle von Verzweiflung hatte, oft ausstieß:

›Behalte mich bei dir, Liebling. Ich flehe dich an, behalte mich. Ich weiß, daß ich ein Miststück bin, aber ich hasse mich doch so sehr. Ohne dich wäre es noch viel schlimmer. In kürzester Zeit würde man mich in der Gosse auflesen oder mich aus der Seine fischen.‹«

»Hat sie Selbstmordversuche gemacht?«

»Zweimal bestimmt. Ich spreche nur von denen, wo ich wirklich Angst hatte. Der erste war vor unserer Heirat. Dabei hatten wir ein wenig Geld in Aussicht. Ich hatte mehrere Artikel unterbringen können, einen sogar in einer großen Zeitung, die meinen Namen auf der Titelseite abdruckte. Als ich eines Abends gegen sechs heimkam, lag sie leblos auf dem Bett. Ringsherum standen Blumen, wie für eine Tote, und auf dem Bett fand ich einen Zettel:

›Vergiß mich! Ich war nichts wert. Ich hatte dich gern!‹

Sie schien nicht mehr zu atmen, und in panischer Angst rief ich um Hilfe. Eine Nachbarin entdeckte sofort das leere Röhrchen Veronal auf dem Nachttisch, und ohne auf den Arzt zu warten hielt sie Fernandes Kopf nach unten und steckte ihr den Finger in den Mund. Eigentlich komisch! Sie war Hebamme und soll vor allem Abtreibungen vorgenommen haben.

Als der Arzt kam, war es nicht mehr nötig, Fernande ins Krankenhaus zu transportieren, und ich hielt allein Wache bei ihr. Gegen Morgen fing sie an zu sprechen, sie hatte genau dieselbe Stimme wie in der ersten Nacht, als sie geweint hatte.

Es war nicht ihre gewöhnliche Stimme. Diese Stimme kannte nur ich, und auch ihren Blick, ihr verängstigtes Gesicht.

›Du hättest mich sterben lassen sollen, Albert. Du bist zu früh heimgekommen.‹«

»Hatten Sie nie den Verdacht, daß sie vielmehr genau ihre Zeit und auch die Dosis Veronal kalkuliert haben könnte, damit Sie im richtigen Moment eintreffen?«

»Doch, ich habe daran gedacht. Auch jetzt bin ich manchmal im Zweifel.«

»Welchen Grund hat sie Ihnen für ihren Selbstmordversuch angegeben?«

»Sie hatte sich eine Krankheit geholt und auch mich angesteckt. An diesem Tag hatte sie es vom Arzt erfahren.«

Dann bemerkte er:

»Wir ließen uns behandeln.«

»Hat sie sich während dieser Zeit zurückgehalten?«

»So einigermaßen, aber mindestens zweimal hat sie etwas mit Männern gehabt, ohne es mir zu sagen.«

»War ihre Krankheit da noch ansteckend?«

»Ja. Zu Weihnachten bin ich nach Grau-du-Roi gefahren.«

»Sie wollten wohl von Ihrer Mutter die Einwilligung zur Heirat?«

»Das wußte ich noch nicht, als ich abfuhr, aber sobald sie nicht mehr bei mir war, beschloß ich, um jeden Preis zu verhindern, daß sie mich verließ.«

»Hat sie es Ihnen denn angedroht?«

»Nein. Es wäre aber durchaus möglich gewesen. Ohne sie zu kennen, hat meine Mutter sich gesträubt. Deshalb ließ ich sie am Neujahrstag nachkommen. Ich habe sie am Bahnhof abgeholt, und wir sind zusammen mit dem Bus nach Hause gefahren. Ich habe sie angefleht, in Grau keine Mätzchen zu machen und lieb zu meiner Mutter zu sein, da ich sie heiraten wollte, was immer auch meine Mutter dazu sagen würde.«

»Wie hat sie sich dazu geäußert?«

»Sie hat sich bei mir bedankt und sich gut benommen. Meine Mutter empfing sie sehr kühl. Es war ein anstrengender, unerfreulicher Tag, und ich fuhr mit ihr zusammen zurück. Im Februar haben wir geheiratet. Wir mußten uns immer noch mühsam durchschlagen, aber wir litten keine wirkliche Not mehr. Wir konnten in Gaststätten essen, ins Theater gehen und uns einigermaßen anständig kleiden.«

»Hegten Sie denn immer noch die Hoffnung, sie heilen zu können? Denn wenn ich mich nicht irre, haben Sie sie immer als eine Kranke betrachtet.«

»Ja, Herr Professor. Bis zu dem Moment, als ich sie mit Serge Nicolas bekanntmachte.«

»Was war nun anders?«

»Mit den bisherigen Männern war es eine rein sexuelle Beziehung, und sie ging fast nie zweimal mit demselben. Ich fürchte, ich gebe Ihnen eine falsche Vorstellung von unserem Leben, da ich ja nur die einschneidenden Ereignisse berichte. Es kam vor, daß sie während vierzehn Tagen oder noch länger nur mich sah. Dann war sie wieder einige Tage völlig außer Rand und Band.«

»Hat sie Ihnen weiterhin alles erzählt?«

»Ich denke schon. Nach einer gewissen Zeit bekam sie unweigerlich einen Anfall von Verzweiflung, und dann hatte ich sie wieder ganz für mich. Es spielte sich nicht immer auf dieselbe Art und Weise ab, ich wußte aber, daß sie sich, wenn ich sie zum Beispiel drei Gläser von einem Aperitif trinken ließ, dem erstbesten hingeben würde. Das erkannte ich an ihren Augen, am Beben ihrer Nasenflügel. Ich fühlte die Krise kommen. Ich versuchte, fast immer vergeblich, sie nach Hause zu bringen. Wenn ihr danach war, machte sie mir vor allen Leuten eine Szene; so kam es vor, daß sie in einer Bar oder einem Café plötzlich die Stimme erhob:

›Laß mich in Frieden, ich bin ja bloß eine läufige Hündin! Du kannst mir ja doch nicht geben, was ich brauche. Gibt es den Mann überhaupt, der dazu imstande ist?‹

Oft bin ich allein heimgegangen und habe sie in irgendeinem Lokal zurückgelassen. Manchmal wartete ich auch in der Dunkelheit auf dem Trottoir und folgte ihr, wenn sie in Begleitung eines Unbekannten zum nächsten Stundenhotel ging. Ich blieb an der Tür stehen. Sie wußte es und suchte mich mit den Augen, wenn sie herauskam. Dann lachte sie ihr eigentümliches Lachen. Im Bett vermochte ich keinen Schlaf zu finden, ich kämpfte gegen die Versuchung an, aber immer lief es darauf hinaus, daß ich mit ihr schlief.

Ist das Ihrer Ansicht nach lasterhaft? Bin ich denn krank? Bin ich denn nicht aus demselben Stoff gemacht wie ein anderer?«

Der Professor gab keine Antwort, blickte ihn aber ermutigend an.

»Sie haben gesagt, daß es mit Serge Nicolas anders war.«

»Vielleicht lag es nicht so sehr an ihm selbst, sondern an unserem neuen Lebensstil. Von einem Tag auf den anderen hatte sie eine hochelegante Garderobe. Sie war wirklich begehrenswert, und alle Männer drehten sich nach ihr um. Serge hatte uns das alles ermöglicht, er hatte uns in die schicken Restaurants und Nachtlokale eingeführt. Er begleitete sie in die Geschäfte, beriet sie beim Kauf der ersten Toiletten, und er wachte über sie mit geduldiger Nachsicht, als wäre sie sein Schützling oder seine Schülerin.

Er wußte bestimmt, was für eine Frau sie war. Es ist ganz ausgeschlossen, daß er sich in ihr täuschte.

Aber ihre Momente der Niedergeschlagenheit und der Scham kannte er nicht. Die kannte nur ich. Und auch heute noch bin ich der einzige. Trotzdem war er davon überzeugt, ihr wahres Wesen zu kennen, und das erheiterte ihn.

Aus so manchem winzigen Detail schloß ich, daß er sie mitunter an seine Freunde auslieh, vielleicht auch an Monsieur Ozil. Er mag ihnen gesagt haben:

›Sie ist ein Phänomen. Probieren Sie sie doch mal aus!‹

Er war der Typ Mann, der so etwas machte, wissen Sie. Er glaubte an nichts, er maßte sich alle Rechte an, das Beste war für ihn gerade gut genug. Er wollte nur spielen, sich amüsieren. Für ihn war Fernande ein drolliges Spielzeug.«

»Ihr zweiter Selbstmordversuch fiel wohl in die Zeit mit Serge Nicolas?«

»Ja. Ich weiß darüber nur, was sie mir erzählt hat, und in ihrem Bericht sind Lücken. Eines Sonntags brachte er sie mit dem Wagen in ein Landhaus, das einer seiner Freunde im Chevreuse-Tal besitzt. Sie waren zu viert oder zu fünft, lauter Männer, die miteinander oft nur Russisch sprachen. Es wurde Champagner getrunken. Sie animierten sie zum Trinken und zogen ihr bald darauf die Kleider vom Leib.

Sie alle haben sich mit ihr verlustiert, das hat sie mir

gestanden. Dann war da noch etwas anderes, das sie mir verschwiegen, das sie aber plötzlich ernüchtert hat. Sie fuhr ganz allein mit Nicolas' Wagen weg und kehrte, nur mit einem Herrenmantel bekleidet, den sie aus der Garderobe gefischt hatte, nach Paris zurück.

Ich hatte sie noch nie in einem solchen Zustand gesehen. Ohne ein Wort zu sagen, ohne mich anzublikken, schloß sie sich im Badezimmer ein, und als es mir endlich gelang, die Tür aufzubrechen, war sie gerade dabei, sich mit einer meiner Rasierklingen die Pulsadern aufzuschneiden.

Am nächsten Tag kam ein riesiger Blumenkorb von Nicolas. Ein Brief lag dabei, den ich nicht gelesen habe. Sie selbst regte einige Tage darauf an, mit ihm zum Essen zu gehen.«

»Schließen Sie daraus, daß sie ihn liebte?«

»Sie mochte diese Art von Leben.«

»Hatte Nicolas andere Mätressen?«

»Mehrere. Das wußte sie. Sie hatte auch andere Liebhaber. Unser neuer Lebensstil brachte es mit sich, daß ich sie seltener sah. Sie rief mich oftmals an, um mir zu sagen, daß sie spät oder überhaupt nicht nach Hause komme. Wir verabredeten uns in einer Bar oder in einem Restaurant. Sie war fast immer von Männern umringt, die mir unbekannt waren. Das Ganze wirkte irgendwie anders, weniger lichtscheu. Es kam mir weniger krankhaft vor. Ich kann mich wohl nur schlecht begreiflich machen.«

»Ganz im Gegenteil.«

Er freute sich über das Kompliment, obwohl ihn sein Thema so sehr fesselte, daß er darüber ein wenig vergaß, wo er sich befand.

»Ich war nicht besonders eifersüchtig auf Nicolas. Das ist es, was ich Ihnen so gerne klarmachen möchte und was die anderen mir nicht glauben wollten. Ich war mir ganz sicher, daß es eines Tages zu Ende sein, daß er ihrer überdrüssig werden würde. Sie liebte ihn nicht, das weiß ich bestimmt. Sie hat mir geschworen, daß sie in seiner Gegenwart nie geweint hatte. Er war wie ein Kumpel für sie, der sie ausführte und mit dem sie manchmal schlief, aber nicht unbedingt jedesmal.«

»Waren Sie sehr unglücklich, Monsieur Bauche?«

»Ich wartete auf etwas, ich wußte nicht, worauf, ich weiß es immer noch nicht. Irgend etwas mußte einfach geschehen, denn so konnte es nicht in alle Ewigkeit weitergehen.«

»Was konnte so nicht weitergehen?«

»Alles! Gestern hat mir der Richter in Erinnerung gerufen, daß wir mehr ausgaben, als ich verdiente, daß ich Schulden hatte. Nie hatte ich das Gefühl, fest im Sattel zu sitzen. Ich spielte nur eine Rolle, und mir war nicht wohl in meiner Haut. Ich vermochte mich nicht an dieses Leben zu gewöhnen, ich hatte immer das Gefühl, es würde sich plötzlich als Gaukelspiel entpuppen, doch ich bemühte mich, es den anderen gleichzutun, ich trank Cocktails, um mich in Fahrt zu bringen, ich lachte überlaut, ich redete, als stünde ich auf festem Grund. Manchmal schmiegten wir uns im Bett eng aneinander, denn wir fürchteten uns.

In der Dunkelheit flüsterte Fernande:

›Verzeih mir, Albert. Ich habe dein Leben zerstört.‹

›Aber nicht doch.‹

›Du weißt, daß es ausweglos ist. Bei mir konnte es

nicht anders kommen. Für dich schon. Wenn du mir nicht begegnet wärest...‹

Tagsüber vertrieben die Telefongespräche, die Verabredungen und Aperitifs solche finsteren Gedanken.«

»Was geschah, als Nicolas anfing, sich von Ihrer Frau zurückzuziehen?«

»Sie hat sich völlig verändert. Da kam es mir überhaupt erst zum Bewußtsein, daß ihre Art, sich zu geben, die sie seit zwei Jahren an sich hatte, auf den Einfluß von Nicolas zurückging. Sie änderte ihre Frisur und ihre Kleidung. Bisher hatte sie die wilde Hummel gespielt, jetzt wechselte sie zur Rolle des Vamps über.«

»Und Sie nahmen das nicht ernst?«

»Nein. Ich wußte, daß das nicht anhalten würde. Ich kannte sie besser als alle anderen.«

»Sie haben also gewartet?«

»Ja. Ich habe weiterhin gewartet.«

»Haben Sie sich niemals gewünscht, daß sie wieder so würde wie zur Zeit ihrer Liaison mit Nicolas? Haben Sie nichts unternommen, um sie wieder mit ihm zusammenzubringen?«

»Nein, Herr Richter.«

Er biß sich auf die Lippen, lächelte verlegen.

»Verzeihen Sie bitte, Herr Professor.«

»Hat Ihre Frau Sie manchmal mit Nicolas verglichen?«

»Der Niveauunterschied war zu groß. Sicher bewunderte sie ihn, fand ihn stark und attraktiv. Er war ein richtiger Mann.«

Dieses Wort kam ihm selber sonderbar vor, er versuchte es zu erklären, verhedderte sich dabei noch mehr.

»Ich meine, er war ein reifer Mann, was man einen gemachten Mann nennt. Er war fünfzehn Jahre älter als ich. Er behandelte mich ein wenig wie ein Kind, und manchmal redete er mit mir, als sei ich sein Bruder.«

»Empfand Ihre Frau denn Lust, wenn sie mit Ihnen zusammen war?«

»Vielleicht nicht auf die gleiche Art wie mit den anderen. Das kam mir erst so richtig zum Bewußtsein, als wir am Quai d'Auteuil wohnten und mehr gesellschaftlichen Verkehr hatten. Ich war ihr Vertrauter. Mir konnte sie alles sagen. Wenn sie mit mir allein war, redete sie ununterbrochen. Es war ihr ein Bedürfnis, mir haarklein zu erzählen, was sie gemacht hatte, und dann mußte ich sie beruhigen. Dann und wann, wie ich schon gesagt habe, brach sie auch in Tränen aus und schmiegte sich an mich. Im Grunde war die Sache mit Nicolas, jedenfalls was uns beide betraf, nur ein harmloses Abenteuer, und wenn ich ihn schließlich getötet habe, so war es bestimmt nicht ihretwegen.«

Das Wort ›töten‹ fiel zum ersten Mal, und Bauche war selbst ganz verblüfft.

»Ich weiß nicht, wie es für uns weitergegangen wäre, wenn wir nicht seine Bekanntschaft gemacht hätten.

Wahrscheinlich hätten wir nie ein so brillantes Leben geführt wie während der letzten beiden Jahre. Man hätte mir wohl eine Rubrik in der Zeitung zugestanden. Reich wären wir nicht gewesen, aber wir hätten in einem interessanten Milieu verkehrt.

Statt dessen hat Nicolas mir vorgespiegelt...«

Was war nur in ihn gefahren? Man hatte doch nichts derartiges von ihm verlangt, und jetzt trieb es ihn unwiderstehlich dazu, sein Verbrechen erklären zu wollen. Dem Inspektor in Orléans und dem Kommissar der Kriminalpolizei hatte er die ständig wiederkehrende Frage übelgenommen:

»Warum?«

Hier stellte ihm keiner diese Frage. Der Professor hatte nie von Serge Nicolas als von einem Toten gesprochen. Bauche selbst stürzte sich Hals über Kopf in seine verworrenen Erklärungen.

Als er endlich schwieg, redete der Professor an seiner Stelle weiter, aber seine Stimme klang weder anklagend noch entrüstet:

»Er hat Ihnen vorgespiegelt, daß Sie beruflich fest im Sattel säßen und die Stellung erreicht hätten, die Ihnen zukam.«

Bauche nickte.

»Aber Sie haben ihm nie wirklich Glauben geschenkt. Weder am Quai d'Auteuil noch in den Büros an den Champs-Elysées fühlten Sie sich wirklich in Sicherheit. In dieser Welt, die Sie gestern als die Neon-Welt bezeichneten, waren Sie nie wirklich heimisch.«

»Das stimmt.«

»Sie wollten es nicht wahrhaben, aber Sie hatten das Vorgefühl, daß es unweigerlich zu einer Katastrophe kommen würde, und deshalb blickten Sie so gerne in das Elendsviertel Javel hinüber, denn dort hätten Sie wenigstens den Eindruck gehabt, in Sicherheit zu sein. Sie waren gezwungen, sich aufzuplustern, sich dauernd

Ihre Wichtigkeit vorzusagen. Im Grunde schüchterten die Leute Sie immer noch so ein wie früher die junge Frau aus Limoges.«

Bauche hörte ihm aufmerksam, mit zusammengezogenen Brauen zu, um keinen Irrtum durchgehen zu lassen.

»Auch in der Rue Bergère und in Ihren früheren Wohnungen fühlten Sie sich nicht zu Hause.«

»Meinen Sie?«

»Sie haben zugegeben, daß Sie sich irgendwann einmal rächen wollten. Weswegen eigentlich? Nur wegen Ihrer Angst. Wegen des Gefühls der Schande, das Sie in Ihren eigenen Augen verächtlich machte und das sie bei den Prostituierten zu vergessen suchten.«

»Das ist doch ganz natürlich, oder etwa nicht? Ich bin doch ein normaler Mensch. Ich bin doch nicht geisteskrank?«

»Schon bei Anaïs haben Sie sich gerächt.«

Er entgegnete mit kaum hörbarer Stimme:

»Ich wäre so gern ein rechtschaffener Mensch gewesen.« Und dann brach es aus ihm heraus:

»Wenn Sie das begriffen haben, dann wissen Sie auch, wieviel Böses mir Nicolas angetan hat. Ich gab mir Mühe, ein wenig Selbstvertrauen zu haben, ich arbeitete, so gut ich es vermochte, denn ich war davon überzeugt, daß ich es eines Tages zu etwas bringen würde, daß ich die Fähigkeiten dazu besaß, daß ich den richtigen Weg eingeschlagen hatte. Das Schlimmste lag schon hinter mir. Ich begann zu leben. Er ließ mich in diesem Glauben, stachelte meinen Ehrgeiz an, förderte mich beruflich. Er aber wußte ganz genau, daß nichts von alldem wahr war, daß er mich wie einen Stein auf dem Spielbrett nach Bedarf herumschieben konnte. Er hatte mich von der Straße aufgelesen. Mich oder einen anderen, das galt ihm gleich. Warum die Wahl auf mich fiel, habe ich erst gestern erfahren: Er hatte schon ein Verhältnis mit Fernande, da war es praktischer. Vielleicht wollte er ihr auch einen Gefallen tun.

Er hat mitangesehen, wie ich Feuer fing, wie ich mein Leben auf dem neuen Selbstvertrauen aufbaute, das er mir eingeflößt hatte.

Da es ihm so genehm war, trieb er mich immer weiter an, und von einer Stunde auf die andere wäre ich als ehrloser Mensch und Einfaltspinsel erwacht.

Er selbst hat es ausgesprochen. Er sagte es zu Monsieur Ozil, als dieser ihn fragte, was geschehen würde, wenn ich hinter ihre dunklen Machenschaften käme.

›*Dieser Bauche! Ach was! Keine Gefahr! Der ist doch bloß ein aufgeblasener Dummkopf!*

Solche Typen finden nie etwas heraus, die reagieren überhaupt nicht.‹

›Ein aufgeblasener Dummkopf!‹

›Auf den kommt's doch gar nicht an!‹

›Soll er doch ins Gefängnis wandern oder verrecken!‹

Jetzt wissen Sie's, Herr Professor, warum ich beschlossen habe, ihn zu töten. In dem Augenblick, als ich diesen Satz hörte, war es für mich entschieden. Ich hatte keine Wahl mehr. Mir blieb nichts, woran ich mich hätte klammern können, nicht einmal meine eigene Person.

Ganz einfach – und diesmal will ich Ihnen alles

sagen, auch das, was ich nie klar zu denken gewagt habe –, *weil es die Wahrheit ist.«*

Er wußte selbst nicht, daß ihm, während er sie anstarrte, die Tränen übers Gesicht strömten, und als ihm ein rauher, geradezu ungehöriger Schluchzlaut entfuhr, wandte er sich zur Flucht, rannte gegen eine Wand, preßte beide Arme dagegen und vergrub sein Gesicht darin.

9

Er fühlte sich leer, sein ganzer Körper war wie zerschlagen, als hätte er eine Operation hinter sich. Er war auch trüber Stimmung, aber das war ihm ganz recht.

Anfangs war er froh gewesen, als er sich allein in seiner Zelle wiederfand, und zum Glück gab man ihm immer dieselbe, obwohl er hier im Justizpalast nur vorübergehend blieb. Er hatte sich der Länge lang ausgestreckt und zur Decke geblickt, ohne sonderlich darauf zu achten, daß der Wärter schon zweimal gekommen war, um ihn durch das Schiebefenster hindurch zu beobachten. Hatte er das gestern und vorgestern auch schon getan? Er erinnerte sich nicht. Es war ja auch ohne Belang.

Er bedauerte nicht, so viel geredet zu haben. Als er durch das Vorzimmer kam, wartete dort keiner mehr. Hatte denn der Professor vorausgesehen, daß es lange dauern würde, und ihm einen ganzen Vormittag reserviert?

Kaum hatte er sie verlassen, da wurde ihm klar, daß er ihnen noch viele Punkte zu erklären hatte. Es war alles viel verwickelter, als sie nach der Sitzung heute morgen wohl meinten, und er begann zu fürchten, daß sie einen falschen Eindruck gewonnen hatten.

In Wirklichkeit waren zahllose Sitzungen notwendig, um der Frage auf den Grund zu gehen. Nun, da die Vorarbeiten geleistet waren, könnte es ihm vielleicht helfen, seinen Fall mit dem Professor unter vier Augen zu besprechen. War es nicht sonderbar, daß er seinen Namen immer noch nicht wußte? Keiner hatte ihn in seinem Beisein ausgesprochen. Er durfte nicht vergessen, Houard danach zu fragen. Im übrigen sollte ihm dieser die Morgenzeitungen bringen, und dort war der Name sicher zu finden.

Der Gedanke, daß sein Anwalt ihn stören würde, war ihm zuwider. Was hatten sie sich letzten Endes schon zu sagen? Sie hatten ja doch nichts miteinander gemein. Schon die Art, wie Houard ihn ansah, war lächerlich. Bestimmt war er nicht sehr intelligent. Ein braver Mann, das schon, aber in Vorurteilen befangen.

Das galt in noch verstärktem Maße für den Untersuchungsrichter. Dieser durfte sich überhaupt nicht von den Vorurteilen loslösen, denn immerhin war es sein Beruf, die Rechtsvorstellungen von Krethi und Plethi zu verteidigen, genauso, wie es für den Kommissar und den Polizeiinspektor in Orléans der Fall gewesen war.

Zum ersten Mal sprang ihm diese Wahrheit in die Augen, und sie machte ihm beinahe Angst. In Kürze würde ihn Houard von neuem zu Monsieur Bazin führen, und es würde sich dort dasselbe abspielen wie gestern und vorgestern. Was hatte es schon für einen Sinn, weiterzumachen, da sie ja doch nicht dieselbe Sprache sprachen?

Nach den Unterredungen mit dem Richter, die

noch Wochen oder Monate dauern konnten, kam das Schwurgericht, wo man seinen Fall in einem ähnlichen Ton darstellen würde wie jetzt in den Zeitungen.

Das war nutzlos. Schon jetzt widerte ihn das alles an. Er konnte sagen oder tun, was er wollte, man würde sich nicht die Mühe machen, ihn zu verstehen. Sie würden nicht lockerlassen und immer wieder mit ihren törichten Begriffen über ihn herfallen.

Diesen Aspekt hatte er vorher nicht bedacht. Er hatte nicht vorhersehen, sich nicht vorstellen können, daß sich plötzlich zwischen einen Menschen und alle anderen eine Trennwand schiebt.

Er wunderte sich über Houards Verspätung. Das Essen wurde ihm gebracht. Der Wärter redete nie mit ihm, aber Bauche hatte den Eindruck, daß er ihn heute mit anderen Augen ansah als bisher.

»Haben Sie meinen Anwalt nicht gesehen?«

Langsam verzehrte er alles, was man ihm vorsetzte, sammelte sogar die Krümel auf. Er genoß das Alleinsein, das möglichst lange dauern sollte, er rief sich alle Punkte ins Gedächtnis, auf die er zurückkommen wollte, aber auch solche, zu denen er noch Fragen hatte.

Er hatte gerade seine Mahlzeit beendet, da sah er – zum ersten Mal seit der Rue Daru – das Gesicht von Serge Nicolas vor sich, aber nicht so, wie es sich ihm im Schlafzimmer dargeboten hatte, sondern das Gesicht mit dem gewinnenden Lächeln, das er in den Nachtlokalen zeigte, während er einen Whisky schlürfte. Die Vision hielt aber nicht an. Er lenkte seine Gedanken sofort auf etwas anderes, aber es beunruhigte ihn doch ein wenig.

Man hatte ihm seine Uhr nicht zurückgegeben. Er wußte nicht, wie spät es war. Immer wieder hörte er den Wärter an seine Tür treten, um durch das Schiebefenster einen Blick auf ihn zu werfen.

Im Grunde hatte er doch unrecht. Er hatte sich die Sache nicht wirklich überlegt. Er wollte zu aufrichtig sein, und auf seine Weise hatte Houard recht. Wenn er sich anders verhalten hätte, müßte er nie mehr nach oben gehen, nie mehr mit dem Richter reden und auch nicht vor dem Schwurgericht erscheinen.

Hatte er nicht selbst darauf beharrt, daß er nicht geisteskrank war, daß er auch nicht einen Augenblick lang den Kopf verloren und völlig kaltblütig gehandelt hatte, daß er sich aller Konsequenzen bewußt gewesen war?

Die anderen – vielleicht mit Ausnahme des Kommissars – waren bereit, ihm die Verantwortung für seine Tat abzusprechen. Er hatte sogar den Eindruck, daß der Richter ihm mehrmals Brücken gebaut hatte und ein wenig enttäuscht gewesen war, daß er nicht darauf eingegangen war.

Sie hielten an ihrer eigenen Logik fest. In aller Heimlichkeit trafen sie sich mit Anaïs, weigerten sich aber zuzugeben, daß sie nur der menschlichen Natur gehorchten, vielmehr bezeichneten sie das als Sünde, als Schwäche und gaben sich alle Mühe, das Geschehene aus ihrem Gedächtnis zu löschen.

Sie meinten auch, daß es nicht in der menschlichen Natur liege zu töten. Er erwies ihnen also nur einen

Liebesdienst, wenn er sie vor der Vorstellung bewahrte, daß auch sie nicht davor gefeit waren, eines Tages mit dem Schürhaken und einer Statuette auf einen verwundeten Menschen einzuschlagen.

Er brauchte nur zu erklären, daß er geisteskrank war, oder einfach, daß er nicht mehr wußte, was er getan hatte, daß er zeitweilig den Verstand verloren, einem unkontrollierbaren Zwang gehorcht habe. Mehr war gar nicht nötig. Und alle würden erleichtert aufatmen.

Wer weiß? Vielleicht bereute er schon ein wenig, daß er nicht diesen Weg eingeschlagen hatte. Nicht um ihretwillen! Sondern aus Angst! Nichts lockte ihn, sein dunkles Leben wiederaufzunehmen, auch nicht sein Neon-Leben, nicht einmal seine Existenz in Grau-du-Roi. Sollten sie doch mit ihm anstellen, was sie wollten, ihm war es einerlei.

Was ihm fehlen würde, war die Möglichkeit, mit einem Mann zu reden wie dem Professor. Sehr wahrscheinlich wäre es dazu gekommen, wenn er sich anders verhalten hätte. Man hätte ihn in einer Heilanstalt untergebracht. Sicher kümmerte sich dieser Professor um Patienten wie ihn, um die schweren Fälle. Er suchte sie fast jeden Tag auf, interessierte sich für sie, denn er war kein Mensch, der seinen Beruf nur um des Geldes willen ausübte.

Bauche war davon überzeugt, daß sie Freunde geworden wären. Das hatte er in seinen Augen gelesen. Nein, Sympathie war es eigentlich nicht gewesen. Der Professor war kein sentimentaler Schwärmer. Er stand über dem Mitleid. Auch er hatte sicher gespürt, daß es zwischen ihnen Anknüpfungspunkte gab, und das hatte seine Neugier geweckt.

Jedoch als er ihn heute verließ, hatte er vergessen, die nächste Unterredung zu erwähnen. Am Vortag hatte er ihm angekündigt, daß er ihn am nächsten Tag herbestellen würde. Heute morgen aber hatte er nichts davon gesagt. Alle anderen Zuhörer im Saal waren schweigend hinter ihm sitzen geblieben.

Mußte er daraus schließen, daß es schon zu Ende war? Bei dieser Vorstellung überfiel ihn panische Angst. Er hatte das Gefühl, daß man ihm eine Ungerechtigkeit zufügte. Man hatte ihm eine letzte Chance vorenthalten. Er war doch kaum dazu gekommen, die wesentlichen Punkte zu streifen.

Sie hatten nicht das Recht, ihn nach dem wenigen, was er hatte sagen können, zu beurteilen. Bei diesem Gedanken wurde ihm heiß. Man sollte ihm die Gelegenheit geben, seine Haltung zu ändern, wenn er sich dazu entschloß, und dazu fehlte nicht mehr viel. Er wußte noch nicht, wie er es anstellen würde. Natürlich würde er jetzt nicht anfangen, ihnen Unsinn vorzuschwatzen, aber er war sicher, daß er sein Ziel erreichen würde. Geschickt würde er dem Professor zu verstehen geben, worauf er abzielte, und die anderen würden nichts davon merken.

Dann hätte er nichts mehr mit den dummen und bösen Menschen zu tun.

Die Lust war ihm vergangen, die Zeitung zu lesen oder dem Richter Rede und Antwort zu stehen. Schon beim Gedanken an diesen Mann, den er doch anfangs recht sympathisch gefunden hatte, überlief es ihn kalt.

Da war noch etwas, das er verschwiegen, das er heute morgen nicht zu gestehen gewagt hatte und das er dem Professor unter vier Augen anvertrauen würde: Nie hatte er sich ganz und gar als Mann gefühlt. Jedenfalls nicht in sexueller Hinsicht. Selbst mit Fernande hatte er im Grunde immer eine gewisse Befangenheit verspürt.

Damit erklärte er nichts, aber das würde einen Mann wie den Professor interessieren. Er würde genau wissen, was das zu bedeuten hatte. Eine Prostituierte, der er einmal diese Frage zu stellen wagte, hatte achselzukkend erwidert:

»Nimm's nicht so schwer! Solche wie du gibt es viele. Du bist noch ganz guter Durchschnitt.«

Freilich hatte sie hinzugefügt:

»Wenn du sehen könntest, was man mit den Alten alles anstellen muß! Und sogar mit den Jungen!«

Jetzt hatte er seinen Entschluß gefaßt. Von den anderen wollte er nichts mehr hören. Er würde jetzt wahnsinnig sein. Die anderen sollten nur sehen, wo sie blieben. Sie hatten ihn ja darauf gebracht, daß er falschspielen konnte. Eigentlich verhielten sie sich ähnlich wie Serge Nicolas. Sie befahlen ihm, die Wahrheit zu sagen, nichts als die Wahrheit, aber um ihres Seelenfriedens willen bedurften sie der Lüge.

Er würde lügen. Sollte er auch Houard beschwindeln? Sonderbar, daß der Anwalt immer noch nicht da war. Vielleicht hielt er gerade ein Plädoyer. Bauche aber hatte doch den Vorrang vor einer beliebigen Strafsache, die man ja immer wieder verschieben kann. An diesem Nachmittag schien sich niemand um ihn zu kümmern. Auch der Richter ließ nichts mehr von sich hören, obwohl er ihm noch gestern angekündigt hatte, daß er ihn noch einmal sehen wollte. Die Zeit verstrich mit eintöniger Langsamkeit, begann schwer auf ihm zu lasten.

Eben wollte er den Wärter nach der Uhrzeit fragen, als dieser das Fenster aufschob, doch sobald Bauche Anstalten machte, sich zu erheben, schloß er es wieder. Er entfernte sich nicht sogleich, denn sonst hätte man seine Schritte gehört. Er blieb hinter der Tür stehen und belauerte ihn.

Was konnten sie schon machen? Der Kommissar der Kriminalpolizei würde seine Ermittlungen fortsetzen, aber abgesehen von ihren Geldgeschichten, den Rechnungen und den Verträgen blieb nichts mehr ans Licht zu ziehen.

Die Deckenlampe flammte auf, was ihm anzeigte, daß es schon spät war, denn heute herrschte kein Nebel, und am Morgen hatte die Sonne geschienen, fast so strahlend wie am Vortag.

Würde man ihn beim Wort nehmen und nicht zulassen, daß er seine Erklärungen zurücknahm? Das wäre ungerecht. Nervöse Unruhe überfiel ihn. Zum ersten Mal fühlte er sich eingekesselt, als das Opfer einer Verschwörung.

Er hatte Houard zu seinem Strafverteidiger gewählt. Er würde ihn bezahlen, oder jedenfalls war es so vorgesehen. Schon seit langem hätte der Anwalt hier sein sollen, das war seine Pflicht und Schuldigkeit.

Sofort würde er dem Richter sagen:

›Ich habe Ihnen Theater vorgespielt.‹

So ganz falsch war das gar nicht! Freilich in einem anderen Sinn, als sie meinten. Er war nicht so rechtschaffen, wie er vorgegeben hatte. Einmal hatte Fernande den Wunsch nach einer teuren Handtasche geäußert, und er hatte, ohne sich etwas dabei zu denken, geantwortet:

»Warum bittest du nicht Serge, sie dir zu schenken?«

Nur mit der Ruhe! Er würde mit allem von vorne anfangen. Lange würde es dauern. Wochenlang. Aber nicht dort oben! Dort würde er kein Wort mehr sagen. Nur noch das eine, um mit ihnen endgültig Schluß zu machen:

»Ich bitte um Verzeihung. Ich war wahnsinnig.«

Dann würde er dem Professor alles auseinandersetzen. Dazu war aber unbedingt nötig, daß er ihn wiedersah. Houard war sicher auf dem laufenden und würde ihn in dieser Hinsicht beruhigen können. Wenn er nur endlich käme! Selbst wenn ein Krieg ausbräche, würde Bauche, eingeschlossen wie er war, nichts davon erfahren! Und was geschähe mit ihm, wenn der Justizpalast plötzlich in Flammen aufginge?

Bis hundert würde er jetzt zählen, nein, bis tausend, nicht allzu schnell, dann würde er an die Tür seiner Zelle klopfen, würde vorgeben, sich krank zu fühlen, und dann müßte man wohl jemanden herbeiholen.

»Eins... zwei... drei...«

Tausend, das war zu lang. Fünfhundert!

»... elf... zwölf... dreizehn...«

Welches Datum schrieb man heute? Er vermochte sich nicht daran zu erinnern. Die Zeiten, in denen ihm das Datum wichtig war, schienen furchtbar weit entfernt.

Auch seine Mutter mochte er nicht wiedersehen, nicht einmal Fernande. Im Grunde stimmte es schon: auch sie trug Schuld daran, daß er hier gelandet war.

Er schloß die Augen.

»Dreiunddreißig... vierunddreißig...«

Er würde nicht weiter als bis zweihundert zählen. Dem Wärter würde er sagen, daß er eine wichtige Erklärung abzugeben habe, das würde eine bessere Wirkung tun als Unwohlsein vorzutäuschen. Es gäbe noch ein anderes, nicht ganz ungefährliches Mittel. Er hatte in einem Film einen Geisteskranken gesehen, der aus seiner Matratze alle Federn herausriß und sie mit vollen Händen wie Schneeflocken durch die Luft warf. In seiner Zelle hatte er ja eine zweifellos mit Roßhaar gefüllte Matratze, mit der er dasselbe anstellen könnte. Aber, wer weiß, vielleicht war das eine besondere Art von Wahnsinn? In diesem Bereich mußte man ungeheuer vorsichtig sein, sonst würde der Professor sofort merken, daß er mogelte. Das würde ihn schmerzen, und er würde das Interesse an ihm verlieren.

»Zweiundachtzig... dreiundachtzig...«

Schritte. Sie galten ihm. Sie hielten vor seiner Tür inne, und sie wurde geöffnet. Im Rahmen stand Houard, dessen Haut sich wegen der frischen Luft draußen über dem Gesicht spannte. Sicher stand das Thermometer unter Null. Es hatte sich etwas ereignet, dessen war er sicher, denn der Anwalt blickte anders drein als sonst. Er wirkte verlegen wie jemand, der eine unangenehme Nachricht zu überbringen hat, deshalb sprach er mit übertriebener Munterkeit, mit einer Stimme, die gekünstelt klang.

»Ich bitte dich um Verzeihung, mein Junge, daß ich dich habe warten lassen. Ich hatte zu tun.«

»In meiner Angelegenheit?«

»In der deinen und in anderen, denn immerhin habe ich doch noch einige Klienten. Du siehst recht müde aus.«

»Ich bin überhaupt nicht müde.«

»Übrigens hat mich deine Frau gestern aufgesucht. Im Grunde ist sie sehr unglücklich.«

»Hatte sie getrunken?«

»Das weiß ich nicht. Ich denke nicht. Ich habe nichts dergleichen bemerkt. Sie bereut, was sie dir angetan hat.«

»Was hat sie mir angetan? Wann?«

»Vorgestern in Monsieur Bazins Büro. Sie weiß nicht mehr, wohin sie flüchten soll. Die Journalisten lassen sie nicht in Frieden. Sie wagt sich nirgendwo mehr zu zeigen. Sie bittet dich um Verzeihung.«

»Weswegen denn?«

»Wegen allem. Sie sagte mir, daß ihr jetzt erst aufgegangen sei, wie sehr du sie liebst, und daß sie dich nie verstanden habe. Sie hat dich auch gern.«

Houard verschwieg etwas, er fürchtete, daß ihm Dinge entschlüpften, die er nicht aussprechen wollte.

»Wie ist es heute morgen gegangen?«

»Sehr gut«, entgegnete Bauche. »Haben Sie den Professor gesprochen?«

»Nicht persönlich. Er hatte eine Unterredung mit

dem Richter und dem ermittelnden Staatsanwalt. Übrigens findet heute kein Verhör statt.«

Bauche wurde mißtrauisch.

»Warum nicht?«

»Der Richter hat eine andere Strafsache zu bearbeiten, die den ganzen Nachmittag in Anspruch nimmt, denn morgen muß die Staatsanwaltschaft darüber befinden.«

»Warum rücken Sie nicht endlich mit der Wahrheit heraus?«

»Also gut! Ich habe dich ja gewarnt, und ich sage dir gleich, daß ich heilfroh darüber bin, daß uns nichts Besseres passieren konnte, unter der Bedingung natürlich, daß du keinen Unsinn machst. Man wird dich eine Zeitlang zur Beobachtung in der Krankenabteilung behalten. Was hast du denn?«

Bauche war kreidebleich geworden. Jede Farbe war von seinen Lippen gewichen. Seine Augen blickten starr ins Weite. Reglos, wie versteinert stand er mitten in seiner Zelle.

»Ich sage dir noch einmal, daß du nur zur Beobachtung eingeliefert wirst. Es ist keineswegs endgültig. Professor Méchouard...«

Méchouard! Endlich wußte er seinen Namen, aber in diesem Moment freute er sich nicht im geringsten darüber.

»Professor Méchouard ist ein sehr gewissenhafter Arzt und möchte dich eine Zeitlang auf seiner Abteilung behalten.«

»Sie lügen doch, oder etwa nicht?«

»Warum sollte ich lügen? Ich habe es dir von Anfang

an in Aussicht gestellt. Ich muß dir sogar gestehen, daß ich alles getan habe, damit es so kommt.«

»Sie hatten darauf keinen Einfluß.«

»Was willst du damit sagen?«

»Der Professor hat diese Entscheidung nicht getroffen, weil Sie dieses oder jenes gesagt oder getan haben. Geben Sie doch zu, daß er mich gar nicht noch einmal zu sehen braucht. Er weiß Bescheid.«

»Worüber sollte er denn Bescheid wissen?«

Die folgenden Worte sagte er beinahe tonlos und spürte, wie ihm dabei ein Schauer, vom Nacken ausgehend, langsam über die ganze Wirbelsäule lief:

»Er weiß, daß ich geisteskrank bin.«

Houard machte eine unmerkliche Bewegung mit der Hand, und das Schiebefenster, das offen geblieben war, wurde geschlossen. Die Tür ging auf, zwei Männer, weder Polizisten noch Gefängniswärter, betraten die Zelle, und sie führten Bauche zum Krankenwagen, der bereits im Hof wartete. Es ging alles so schnell, daß es nicht einmal zum Ausbruch des Anfalls kommen konnte, den man befürchtete.

Mit angstgeweiteten Augen, denn zwei Tage und zwei Nächte lang hatte ihn das Entsetzen geschüttelt, blickte er dem Professor entgegen, den er zum ersten Mal im weißen Arztkittel sah. In der Haltung eines Betenden warf er sich ihm beinahe zu Füßen.

»Ich bin doch nicht wirklich wahnsinnig? Doch nicht so, wie die anderen meinen?«

Da faßte ihn der Professor an der Schulter, als vermöchte er durch einfaches Handauflegen den Kranken von seinen Schwären zu heilen, und schüttelte lächelnd den Kopf.

Bauche blieben noch viele lange Jahre, um sich auszusprechen.

1. November 1950

Stanley G. Eskin
Simenon
Eine Biographie

Aus dem Amerikanischen
von Michael Mosblech

Stanley G. Eskins Biographie stützt sich auf Gespräche mit Simenon, mit Verwandten, Freunden, Verlegern des Autors sowie auf das riesige, erst bruchstückhaft erschlossene Material des Simenon-Archivs in Lüttich.

»Eskin erzählt so anschaulich, als habe er von dem Gegenstand seiner Studien die einfache, farbige, spannende Erzählweise gelernt.«
Frankfurter Allgemeine Zeitung

»Mit dem Index, den zahlreichen Anmerkungen, der vollständigen Bibliographie der Werke und der Verfilmungen wird dieser Band sicher die große umfassende Biographie des Schriftstellers werden. Eskin hält auch mit persönlichen Urteilen nicht zurück; sein Buch verdient daher Aufmerksamkeit und Hochachtung.«
Die Welt, Bonn

»Ich konnte nie glauben, daß Simenon wirklich existiert. Seine ungeheure Produktion, mein immer neues Staunen über die Vollkommenheit seiner Erzählungen, die psychologische Genauigkeit seiner unendlich vielen Figuren, die Eindrücklichkeit der Landschaftsbeschreibungen vermittelten mir stets das Bild eines hinreißenden Schriftstellers, das aber so ungreifbar und unbestimmt blieb wie etwa das Bild des Frühlings, des Meeres, das Bild von Weihnachten – Bilder, die man mit Vergnügen und unbewußtem Wohlbehagen in sich aufnimmt und erlebt, ohne daß sie imstande wären, die Begriffe in ihrer Dinghaftigkeit und Identität vollständig zu verkörpern.« *Federico Fellini*

»Mit Sicherheit das umfassendste Werk, das je über mich geschrieben wurde.« *Georges Simenon*

Georges Simenon im Diogenes Verlag

● Romane

Drei große Romane
Der Mörder / Der große Bob / Drei Zimmer in Manhattan. Deutsch von Linde Birk und Lothar Baier. detebe 21596

Brief an meinen Richter
Roman. Deutsch von Hansjürgen Wille und Barbara Klau. detebe 20371

Der Schnee war schmutzig
Roman. Deutsch von Willi A. Koch
detebe 20372

Die grünen Fensterläden
Roman. Deutsch von Alfred Günther
detebe 20373

Im Falle eines Unfalls
Roman. Deutsch von Hansjürgen Wille und Barbara Klau. detebe 20374

Sonntag
Roman. Deutsch von Hansjürgen Wille und Barbara Klau. detebe 20375

Bellas Tod
Roman. Deutsch von Elisabeth Serelmann-Küchler. detebe 20376

Der Mann mit dem kleinen Hund
Roman. Deutsch von Stefanie Weiss
detebe 20377

Drei Zimmer in Manhattan
Roman. Deutsch von Linde Birk
detebe 20378

Die Großmutter
Roman. Deutsch von Linde Birk
detebe 20379

Der kleine Mann von Archangelsk
Roman. Deutsch von Alfred Kuoni
detebe 20584

Der große Bob
Roman. Deutsch von Linde Birk
detebe 20585

Die Wahrheit über Bébé Donge
Roman. Deutsch von Renate Nickel
detebe 20586

Tropenkoller
Roman. Deutsch von Annerose Melter
detebe 20673

Ankunft Allerheiligen
Roman. Deutsch von Eugen Helmlé
detebe 20674

Der Präsident
Roman. Deutsch von Renate Nickel
detebe 20675

Der kleine Heilige
Roman. Deutsch von Trude Fein
detebe 20676

Der Outlaw
Roman. Deutsch von Liselotte Julius
detebe 20677

Die Glocken von Bicêtre
Roman. Neu übersetzt von Angela von Hagen. detebe 20678

Der Verdächtige
Roman. Deutsch von Eugen Helmlé
detebe 20679

Die Verlobung des Monsieur Hire
Roman. Deutsch von Linde Birk
detebe 20681

Der Mörder
Roman. Deutsch von Lothar Baier
detebe 20682

Die Zeugen
Roman. Deutsch von Anneliese Botond
detebe 20683

Die Komplizen
Roman. Deutsch von Stefanie Weiss
detebe 20684

Die Unbekannten im eigenen Haus
Roman. Deutsch von Gerda Scheffel
detebe 20685

Der Ausbrecher
Roman. Deutsch von Erika Tophoven-Schöningh. detebe 20686

Wellenschlag
Roman. Deutsch von Eugen Helmlé
detebe 20687

Der Mann aus London
Roman. Deutsch von Stefanie Weiss
detebe 20813

Die Überlebenden der Télémaque
Roman. Deutsch von Hainer Kober
detebe 20814

Der Mann, der den Zügen nachsah
Roman. Deutsch von Walter Schürenberg
detebe 20815

Zum Weißen Roß
Roman. Deutsch von Trude Fein
detebe 20986

Der Tod des Auguste Mature
Roman. Deutsch von Anneliese Botond
detebe 20987

Die Fantome des Hutmachers
Roman. Deutsch von Eugen Helmlé
detebe 21001

Die Witwe Couderc
Roman. Deutsch von Hanns Grössel
detebe 21002

Schlußlichter
Roman. Deutsch von Stefanie Weiss
detebe 21010

Die schwarze Kugel
Roman. Deutsch von Renate Nickel
detebe 21011

Die Brüder Rico
Roman. Deutsch von Angela von Hagen
detebe 21020

Antoine und Julie
Roman. Deutsch von Eugen Helmlé
detebe 21047

Betty
Roman. Deutsch von Raymond Regh
detebe 21057

Die Tür
Roman. Deutsch von Linde Birk
detebe 21114

Der Neger
Roman. Deutsch von Linde Birk
detebe 21118

Das blaue Zimmer
Roman. Deutsch von Angela von Hagen
detebe 21121

Es gibt noch Haselnußsträucher
Roman. Deutsch von Angela von Hagen
detebe 21192

Der Bürgermeister von Furnes
Roman. Deutsch von Hanns Grössel
detebe 21209

Der Untermieter
Roman. Deutsch von Ralph Eue
detebe 21255

Das Testament Donadieu
Roman. Deutsch von Eugen Helmlé
detebe 21256

Die Leute gegenüber
Roman. Deutsch von Hans-Joachim Hartstein. detebe 21273

Weder ein noch aus
Roman. Deutsch von Elfriede Riegler
detebe 21304

Auf großer Fahrt
Roman. Deutsch von Angela von Hagen
detebe 21327

Der Bericht des Polizisten
Roman. Deutsch von Markus Jakob
detebe 21328

Die Zeit mit Anaïs
Roman. Deutsch von Ursula Vogel
detebe 21329

Der Passagier der Polarlys
Roman. Deutsch von Stefanie Weiss
detebe 21377

Die Katze
Roman. Deutsch von Angela von Hagen
detebe 21378

Die Schwarze von Panama
Roman. Deutsch von Ursula Vogel
detebe 21424

Das Gasthaus im Elsaß
Roman. Deutsch von Angela von Hagen
detebe 21425

Das Haus am Kanal
Roman. Deutsch von Ursula Vogel
detebe 21426

Der Zug
Roman. Deutsch von Trude Fein. detebe 21480

Striptease
Roman. Deutsch von Angela von Hagen
detebe 21481

45° im Schatten
Roman. Deutsch von Angela von Hagen
detebe 21482

Die Eisentreppe
Roman. Deutsch von Angela von Hagen
detebe 21557

Das Fenster der Rouets
Roman. Deutsch von Stefanie Weiss
detebe 21558

Die bösen Schwestern von Concarneau
Roman. Deutsch von Ingrid Altrichter
detebe 21559

Der Sohn Cardinaud
Roman. Deutsch von Linde Birk
detebe 21598

Der Zug aus Venedig
Roman. Deutsch von Liselotte Julius
detebe 21617

Weißer Mann mit Brille
Roman. Deutsch von Ursula Vogel
detebe 21635

Der Bananentourist
Roman. Deutsch von Barbara Heller
detebe 21679

Monsieur La Souris
Roman. Deutsch von Renate Heimbucher-Bengs. detebe 21681

Der Teddybär
Roman. Deutsch von Ingrid Altrichter
detebe 21682

Die Marie vom Hafen
Roman. Deutsch von Ursula Vogel
detebe 21683

Der reiche Mann
Roman. Deutsch von Stefanie Weiss
detebe 21753

»... die da dürstet«
Roman. Deutsch von Irène Kuhn
detebe 21773

Vor Gericht
Roman. Deutsch von Linde Birk. detebe 21786

Der Umzug
Roman. Deutsch von Barbara Heller
detebe 21797

Der fremde Vetter
Roman. Deutsch von Stefanie Weiss
detebe 21798

Das Begräbnis des Monsieur Bouvet
Roman. Deutsch von H.J. Solbrig
detebe 21799

Die schielende Marie
Roman. Deutsch von Eugen Helmlé
detebe 21800

Die Pitards
Roman. Deutsch von Ingrid Altrichter
detebe 21857

Das Gefängnis
Roman. Deutsch von Michael Mosblech

Malétras zieht Bilanz
Roman. Deutsch von Irmgard Perfahl
detebe 21893

Das Haus am Quai Notre-Dame
Roman. Deutsch von Eugen Helmlé
detebe 21894

Der Neue
Roman. Deutsch von Ingrid Altrichter
detebe 21895

Die Erbschleicher
Roman. Deutsch von Renate Heimbucher-Bengs. detebe 21938

Die Selbstmörder
Roman. Deutsch von Linde Birk. detebe 21939

Tante Jeanne
Roman. Deutsch von Inge Giese. detebe 21940

Der Rückfall
Roman. Deutsch von Ursula Vogel
detebe 21941

Am Maultierpaß
Roman. Deutsch von Michael Mosblech
detebe 21942

Der Glaskäfig
Roman. Deutsch von Stefanie Weiss
detebe 22403

Das Schicksal der Malous
Roman. Deutsch von Günter Seib
detebe 22404

Der Uhrmacher von Everton
Roman. Deutsch von Ursula Vogel
detebe 22405

Das zweite Leben
Roman. Deutsch von Ingrid Altrichter
detebe 22406

Der Erpresser
Roman. Deutsch von Linde Birk
detebe 22407

Die Flucht des Monsieur Monde
Roman. Deutsch von Barbara Heller
detebe 22408

Der ältere Bruder
Roman. Deutsch von Ingrid Altrichter
detebe 22454

Doktor Bergelon
Roman. Deutsch von Günter Seib
detebe 22455

Die letzten Tage eines armen Mannes
Roman. Deutsch von Michael Mosblech
detebe 22456

Sackgasse
Roman. Deutsch von Stefanie Weiss und Richard K. Flesch. detebe 22457

Die Flucht der Flamen
Roman. Deutsch von Barbara Heller
detebe 22458

Die verschwundene Tochter
Roman. Deutsch von Renate Heimbucher
detebe 22459

● Maigret-Romane und -Erzählungen

Weihnachten mit Maigret
Zwei Romane und eine Erzählung. Leinen

Der Goldene Gelbe 88
Einmalige Sonderausgabe. Enthält folgende Romane: Maigret amüsiert sich / Mein Freund Maigret / Maigret und die junge Tote. Deutsch von Renate Nickel, Annerose Melter und Raymond Regh. detebe 21597

Maigrets erste Untersuchung
Roman. Deutsch von Roswitha Plancherel
detebe 20501

Maigret und Pietr der Lette
Roman. Deutsch von Wolfram Schäfer
detebe 20502

Maigret und die alte Dame
Roman. Deutsch von Renate Nickel
detebe 20503

Maigret und der Mann auf der Bank
Roman. Deutsch von Annerose Melter
detebe 20504

Maigret und der Minister
Roman. Deutsch von Annerose Melter
detebe 20505

Mein Freund Maigret
Roman. Deutsch von Annerose Melter
detebe 20506

Maigrets Memoiren
Roman. Deutsch von Roswitha Plancherel
detebe 20507

Maigret und die junge Tote
Roman. Deutsch von Raymond Regh
detebe 20508

Maigret amüsiert sich
Roman. Deutsch von Renate Nickel
detebe 20509

Hier irrt Maigret
Roman. Deutsch von Elfriede Riegler
detebe 20690

Maigret und der gelbe Hund
Roman. Deutsch von Raymond Regh
detebe 20691

Maigret vor dem Schwurgericht
Roman. Deutsch von Wolfram Schäfer
detebe 20692

Maigret als möblierter Herr
Roman. Deutsch von Wolfram Schäfer
detebe 20693

Madame Maigrets Freundin
Roman. Deutsch von Roswitha Plancherel
detebe 20713

Maigret kämpft um den Kopf eines Mannes
Roman. Deutsch von Roswitha Plancherel
detebe 20714

Maigret und die kopflose Leiche
Roman. Deutsch von Wolfram Schäfer
detebe 20715

Maigret und die widerspenstigen Zeugen
Roman. Deutsch von Wolfram Schäfer
detebe 20716

Maigret am Treffen der Neufundlandfahrer
Roman. Deutsch von Annerose Melter
detebe 20717

Maigret bei den Flamen
Roman. Deutsch von Claus Sprick
detebe 20718

Maigret und das Schattenspiel
Roman. Deutsch von Claus Sprick
detebe 20734

Maigret zögert
Roman. Deutsch von Annerose Melter
detebe 20757

Maigret und die Bohnenstange
Roman. Deutsch von Guy Montag
detebe 20808

Maigret und das Verbrechen in Holland
Roman. Deutsch von Renate Nickel
detebe 20809

Maigret und sein Toter
Roman. Deutsch von Elfriede Riegler
detebe 20810

Maigret beim Coroner
Roman. Deutsch von Wolfram Schäfer
detebe 20811

Maigret, Lognon und die Gangster
Roman. Deutsch von Wolfram Schäfer
detebe 20812

Maigret und der Gehängte von Saint-Pholien
Roman. Deutsch von Sibylle Powell
detebe 20816

Maigret und der verstorbene Monsieur Gallet
Roman. Deutsch von Roswitha Plancherel
detebe 20817

Maigret regt sich auf
Roman. Deutsch von Wolfram Schäfer
detebe 20820

Maigret und der Treidler der ›Providence‹
Roman. Deutsch von Claus Sprick
detebe 21029

Maigrets Nacht an der Kreuzung
Roman. Deutsch von Annerose Melter
detebe 21050

Maigret hat Angst
Roman. Deutsch von Elfriede Riegler
detebe 21062

Maigret gerät in Wut
Roman. Deutsch von Wolfram Schäfer
detebe 21113

Maigret verteidigt sich
Roman. Deutsch von Wolfram Schäfer
detebe 21117

Maigret erlebt eine Niederlage
Roman. Deutsch von Elfriede Riegler
detebe 21120

Maigret und der geheimnisvolle Kapitän
Roman. Deutsch von Annerose Melter
detebe 21180

Maigret und die alten Leute
Roman. Deutsch von Annerose Melter
detebe 21200

Maigret und das Dienstmädchen
Roman. Deutsch von Hainer Kober
detebe 21220

Maigret im Haus des Richters
Roman. Deutsch von Liselotte Julius
detebe 21238

Maigret und der Fall Nahour
Roman. Deutsch von Sibylle Powell
detebe 21250

Maigret und der Samstagsklient
Roman. Deutsch von Angelika Hildebrandt-Essig. detebe 21295

Maigret in New York
Roman. Deutsch von Bernhard Jolles
detebe 21308

Maigret und die Affäre Saint-Fiacre
Roman. Deutsch von Werner De Haas
detebe 21373

Maigret stellt eine Falle
Roman. Deutsch von Angela von Hagen
detebe 21374

Sechs neue Fälle für Maigret
Erzählungen. Deutsch von Elfriede Riegler
detebe 21375

Maigret in der Liberty Bar
Roman. Deutsch von Angela von Hagen
detebe 21376

Maigret und der Spion
Roman. Deutsch von Hainer Kober
detebe 21427

Maigret stellt eine Falle
Roman. Deutsch von Angela von Hagen
detebe 21374

Sechs neue Fälle für Maigret
Erzählungen. Deutsch von Elfriede Riegler
detebe 21375

Maigret in der Liberty Bar
Roman. Deutsch von Angela von Hagen
detebe 21376

Maigret und der Spion
Roman. Deutsch von Hainer Kober
detebe 21427

Maigret und die kleine Landkneipe
Roman. Deutsch von Bernhard Jolles und Heide Bideau. detebe 21428

Maigret und der Verrückte von Bergerac
Roman. Deutsch von Hainer Kober
detebe 21429

Maigret, die Tänzerin und die Gräfin
Roman. Deutsch von Hainer Kober
detebe 21484

Maigret macht Ferien
Roman. Deutsch von Markus Jakob
detebe 21485

Maigret und der hartnäckigste Gast der Welt
Sechs Fälle für Maigret. Deutsch von Linde Birk und Ingrid Altrichter. detebe 21486

Maigret verliert eine Verehrerin
Roman. Deutsch von Ingrid Altrichter
detebe 21521

Maigret in Nöten
Roman. Deutsch von Markus Jakob
detebe 21522

Maigret und sein Rivale
Roman. Deutsch von Ingrid Altrichter
detebe 21523

Maigret und die schrecklichen Kinder
Roman. Deutsch von Paul Celan
detebe 21574

Maigret und sein Jugendfreund
Roman. Deutsch von Markus Jakob
detebe 21575

Maigret und sein Revolver
Roman. Deutsch von Ingrid Altrichter
detebe 21576

Maigret auf Reisen
Roman. Deutsch von Ingrid Altrichter
detebe 21593

Maigret und die braven Leute
Roman. Deutsch von Ingrid Altrichter
detebe 21615

Maigret und der faule Dieb
Roman. Deutsch von Stefanie Weiss
detebe 21629

Maigret und die verrückte Witwe
Roman. Deutsch von Michael Mosblech
detebe 21680

Maigret und sein Neffe
Roman. Deutsch von Ingrid Altrichter
detebe 21684

Maigret und Stan der Killer
Vier Fälle für Maigret. Deutsch von Inge Giese und Eva Schönfeld. detebe 21741

Maigret und das Gespenst
Roman. Deutsch von Barbara Heller
detebe 21760

Maigret in Kur
Roman. Deutsch von Irène Kuhn
detebe 21770

Madame Maigrets Liebhaber
Vier Fälle für Maigret. Deutsch von Ingrid Altrichter, Inge Giese und Josef Winiger
detebe 21791

Maigret und der Clochard
Roman. Deutsch von Josef Winiger
detebe 21801

Maigret und Monsieur Charles
Roman. Deutsch von Renate Heimbucher-Bengs. detebe 21802

Maigret und der Spitzel
Roman. Deutsch von Inge Giese. detebe 21803

Maigret und der einsamste Mann der Welt
Roman. Deutsch von Ursula Vogel
detebe 21804

Maigret und der Messerstecher
Roman. Deutsch von Josef Winiger
detebe 21805

Maigret hat Skrupel
Roman. Deutsch von Ingrid Altrichter
detebe 21806

Maigret in Künstlerkreisen
Roman. Deutsch von Ursula Vogel
detebe 21871

Maigret und der Weinhändler
Roman. Deutsch von Hainer Kober
detebe 21872

● Erzählungen

Der kleine Doktor
Erzählungen. Deutsch von Hansjürgen Wille und Barbara Klau. detebe 21025

Emil und sein Schiff
Erzählungen. Deutsch von Angela von Hagen. detebe 21318

Die schwanzlosen Schweinchen
Erzählungen. Deutsch von Linde Birk
detebe 21284

Exotische Novellen
Deutsch von Annerose Melter. detebe 21285

Meistererzählungen
Deutsch von Wolfram Schäfer u.a.
detebe 21620

Die beiden Alten in Cherbourg
Erzählungen. Deutsch von Inge Giese und Reinhard Tiffert. detebe 21943

● Reportagen

Die Pfeife Kleopatras
Reportagen aus aller Welt. Deutsch von Guy Montag. detebe 21223

Zahltag in einer Bank
Reportagen aus Frankreich. Deutsch von Guy Montag. detebe 21224

● Biographisches

Intime Memoiren und Das Buch von Marie-Jo
Aus dem Französischen von Hans-Joachim Hartstein, Claus Sprick, Guy Montag und Linde Birk. detebe 21216

Stammbaum
Pedigree. Autobiographischer Roman
Deutsch von Hans-Joachim Hartstein
detebe 21217

Simenon auf der Couch
Fünf Ärzte verhören den Autor sieben Stunden lang. Deutsch von Irène Kuhn
Mit einer Bibliographie und Filmographie und 43 Abbildungen. detebe 21658

Außerdem liegen vor:

Stanley G. Eskin
Simenon
Eine Biographie. Mit zahlreichen bisher unveröffentlichten Fotos, Lebenschronik, Bibliographie, ausführlicher Filmographie, Anmerkungen, Namen- und Werkregister. Aus dem Amerikanischen von Michael Mosblech
Leinen

Über Simenon
Zeugnisse und Essays von Patricia Highsmith bis Alfred Andersch. Mit einem Interview, mit Chronik und Bibliographie. Herausgegeben von Claudia Schmölders und Christian Strich. detebe 20499

Das Simenon Lesebuch
Erzählungen, Reportagen, Erinnerungen
Herausgegeben von Daniel Keel
detebe 20500